# 異世界日帰りごはん

料理で王国の胃袋を掴みます！

Chikki
ちっき

illust.薫る石

藤《ふじ》井《い》千《ち》春《はる》
本編の主人公。
17歳、高校生。父子家庭で、
父親が海外にいるため、
現在一人暮らし中。
サフィーナ
千春の侍女。
有能でおしとやか。
モリアン
千春の侍女。
ちょっとおバカさん。

# 登場人物紹介

エンハルト
ジブラロール王国の
第一王子。
ローレル
王宮魔導師団長。
エンハルトの
幼馴染。
マルグリット
ジブラロール王国の
王妃。
ユラ
孤児院に囚われていた
白金狐族《しろかねきつねぞく》の女の子。

# 第1話　ドコなん？　ここ

そう広くない暗い部屋で、ローブを着た男が一人、ブツブツと呟《つぶや》いていた。

「やっとここまで来られた。あとはこの魔法陣を発動するだけ……」

そして、男は呪文の詠唱を始める。

詠唱を始めて数十分、男の額には汗が滲《にじ》み、かなりの魔力を絞《しぼ》り出していた。いや、自身の持つ魔力だけでは足りず、生命力まで魔力に変換している。男は顔を歪《ゆが》め苦痛に耐えていたが、やがて詠唱を終えた。

「――●■▲■●◆！」

魔法陣が光を発し、眩《まばゆ》い点滅を繰り返した後、一際《ひときわ》強く輝き――門が現れた。

「異界の門よ開け!!　そしてこの地を絶望に!!」

男は、異界から魔人を召喚する魔法陣を古い文献によって知り、数十年かけて発動する方法を見つけ出した。

それは本来、多数の魔法使いによる呪文の唱和と膨大《ぼうだい》な魔力を使う秘術であった。

しかし現代では、一人で特大魔法を使えるようにする呪文の詠唱技術が確立されており、魔力を溜《た》めることのできる魔石も存在する。ゆえに、この男は自分一人で異世界の門を召喚することができたのである。

なぜ一人で行《おこな》ったのか。それは、この男がこの王国を恨《うら》み、破滅させようとしているからだ。この場所も、王城の一室ながら他の人間が来るようなところではない。

生命力を使い切った男は、膝《ひざ》を突き最後の力を振《ふ》り絞《しぼ》って、魔法陣から現れた門を見つめる。思ったよりも簡素な……ツルリとしたシンプルな門……いや、門というよりも両開きの扉だ。

「おお……魔人でも悪魔でもなんでもいい！　門を開き、この国を滅ぼしてしまえ！！！」

その声に応じるように、門が微《かす》かに開き、向こう側の光が漏れ……少女が現れた……

「「え？」」

少女と男の声が被《かぶ》る。男はそのまま意識をなくし、永い眠りについた――

★

少女――藤井千春《ふじいちはる》は、自宅のリビングで一人、晩ごはんを食べていた。

小柄《こがら》で肩よりちょっと長い髪をいつもポニーテールにしている十七歳の高校生だ。

母親は幼い頃に病気で亡くなっている。父は一人娘の千春に苦労などさせまいと必死で働き、彼女はその背中を見ながら育ってきた。

高校生になり、晩ごはんなんて簡単に作れるし、一人にも慣れてしまった。

必死で働いた父は、会社での評価が上がり、今では海外部門の責任者になった。当然、海外に行く必要がある。娘を一人置いて海外なんて、と、本人は一度断った。しかし、父親の晩ごはんを準備して待ち、なんでもできる娘に、

「はあ？　お父さんにとってチャンスなんだから行っといでよ、こっちは大丈夫だから」

と、あっけらかんと言われ、長期海外出張中である。

そうして一人で食事中、ふいにふわっと部屋が眩《まぶ》しくなった。千春は何かと思い見回すと、居間にあるクローゼットの隙間《すきま》から光が漏れている。

「え？」

じーっとクローゼットを見つめる。

（光ってたよね？）

そーっとクローゼットに近づき、扉に触る。そして、扉をゆっくり開けると……見知らぬ、ほんのり光る魔法陣が床に描かれた暗い部屋になっており、しかも見知らぬおっさんがいた。

「「え？」」

千春とおっさんの声が被《かぶ》る。その後、おっさんは「あぁぁぁ……」と悲しそうな顔をしながら、ゆっくりと倒れ込んだ。

千春はパニックになった。何が起きてるのか、どうしたらいいのか。脳は活動を停止し、時間が

止まってしまった。

そうしているうちに、見知らぬ部屋の本来の出入り口がざわついた。そして、千春の頭が回りはじめたとき、その出入り口の扉が開いた。

入ってきたのは､体格のいい男性数人とローブを着た背の高いイケメンだった｡そのイケメンローブは部屋に入るなり叫《さけ》んだ。

「◎△$♪×¥●&%#!!!」

千春は眉間《みけん》に皺《しわ》を寄せた。

(え？　何言ってんの？　このイケメン)

日本語でないことは確かだが、何語かはわからない。

体格のいい西洋風の鎧《よろい》を着た男が、倒れたおっさんに近寄り、何かしている。イケメンローブは千春に近づき……いや警戒しつつ、話しかけてきた。だが当の千春は——

「はあ？　英語じゃないよね、何語なん？」

と呟《つぶや》き、首を傾《かし》げるばかり。イケメンローブは一度千春から離れ、部屋の扉近くにいた別のローブの人に話しかける。話しかけられたローブの人はどこかへ走っていった。そしてイケメンローブは、魔法陣を調べながら数人に指示を出すと、再び千春に近づき、にっこりと笑い話しかけてきた。

「いや、わかんないから……」

やはり、千春には彼の言葉がわからない。

おっさんは部屋の外へ運ばれ、数人のローブの男たちが出入りをする。しばらくして最初に出ていったローブの男が帰ってくると、イケメンローブに何かを渡した。

千春はその様子をじーっと映画でも見るように……そう、無表情で字幕のない洋画を何も考えず見るかのように、居間からクローゼットに頭を突っ込んだ状態で眺《なが》めていた。

すると、イケメンローブがこちらに何かを渡そうとしたので、思わず千春は後ろに下がった。

そんなに警戒していたわけではないが、知らない男が手を出してくる、ましてやクローゼットの中から、という異常な状況では無理もない。

ただ、イケメンローブの手はクローゼットの扉を抜けようとして止まった。いや止まったというよりも通れなかったのである。すると、イケメンローブが再び話しはじめた。

「この扉は私には通れないんですね」

「えー！　日本語喋《しゃべ》れんの!?」

千春は思わず叫《さけ》んでしまった。

「ああ、今この指輪を持っていますから。翻訳魔法をかけた魔道具です。この指輪をつけていただけたら、こちらの言葉がわかるかと、急いで持ってきました。そのニホン語という言葉は知りませんが、通じてるようでよかったです。よろしければ、この指輪をつけていただきたいのですが……」

そう言って、イケメンローブは一歩下がる。

（あーそりゃそうか。今言葉わかるのこの人だけだもんなー。私がつければ、全員がわかるのか……）

千春はおそるおそるクローゼットの内側に片足と半身だけ乗り出した。

「持っているだけでも効果がありますので、指につけてもらわなくても大丈夫ですよ」

そう言われて、千春は指輪を受け取る。

「ありがとうございます……で、ここはどこなんですか？」

千春は思ったことを聞いてみる。

「はい、ここはジブラロール王国、王宮内の王宮《おうきゅう》魔《ま》導師《どうし》団《だん》研究棟の一つで、私は王宮魔導師団長のローレルと申します。魔力波を感知しまして、急いで駆けつけました。先ほどのザクエル——倒れていた男です——が異世界の扉を召喚する魔法を使ったようですね」

ローレルは魔法陣に視線を移した。

「なんのために扉を開いたのか、なぜあなたが現れたのかは調査してみないと……お答えできません」

「はあ……って、異世界なの!?　ここ！」

千春は動揺のあまり、ついタメ口になってしまった。

「はい、魔法陣を調べてみましたが、古代魔術語で異世界の扉を表す言葉がありました。詳しく調べてみますが、そちら側が異世界……というのは間違いなさそうですね。ニホン語という言葉も初めて聞きましたし」

「それじゃ、この扉を閉めたら、その魔法陣ってのも消えるんですか？」

「いいえ、常駐型の設置魔法陣のため、ディスペル系の魔法で打ち消すか、注ぎ込まれた魔力を使い切るまでは消えませんので、その扉もそのままだと思います」

「どんくらいで消えるんです？」

「そうですね……早ければ四、五年、遅くても十年はかからずに消えると思われますが……」

「えええええ!!　リチウム電池かよー……長くないですか？」

「それが、ザクエルは魔力と一緒に、自分の生命力を全て注ぎ込んでしまったようで……まあ、本人がそれを狙ってやったのか、魔法陣に吸われたのかはわかりませんが、それくらいの魔力ということです」

互いにしばし沈黙したあと、千春は言った。

「とりあえず、晩ごはん食べてから詳しく聞かせてください……」

晩ごはんはもう冷え切っているだろうが、食べてる途中だったと思い出したのだ。ついでに、片づけもお風呂もまだなのに……と、ちょっと、そうちょっとだけ現実逃避に走ってしまった。

★

「チーン」

千春は電子レンジで温め直した晩ごはんを食べはじめる。

（お風呂どうしようかなー。ごはん食べたあとって言っちゃったし、クローゼットの中がどうなっちゃったのか気になるし、先に話してからにするかなあ）

今はクローゼットの扉を閉めている。扉を開けたまま食べようとしたら、向こうから丸見えであったため一度閉めた。ちなみに、閉めたあと消えたかなーと扉を少し開けてみたが、やはり繋がったままであったため、千春はため息をついた。

（さっきのおっちゃんは、死んじゃったのかな。生命力を使いつくしたみたいなこと言ってたからなあ……）

晩ごはんを食べ終えて食器を洗い、水切りに置いて……ルーチンワークなので、向こうのことを考えながらも、千春は手を動かしている。食器洗いが済んだところで、考えても仕方がないと、クローゼットの扉をまた開ける。

「あ、お食事終わりましたか？」

イケメンローブ、いやローレルが、にこやかな笑顔で話しかけてきた。

「はい、食べ終わったので、わかることだけでも聞いておこうかなーと思いまして」

「そうですね、こちらもわかるところまではお話しできますので。あと、ここではあれなので、別のお部屋でお話ししましょうか」

そう言われて、千春はスニーカーを持ってきて異世界に足を踏み入れた。

（あっ！）

急いで振り向き、クローゼットの扉から手を突き出す。

「はぁぁよかったぁぁ」

「どうしました？」

ローレルが尋《たず》ねる。

「いや、こっちに入ったら戻れなくなるとかナイヨネ……と、確認です」

「そういう可能性もありましたか。いや、先ほど出ていたのは半身でしたね。こちらも気づかず呼んでしまって申し訳ありません。とりあえず私の部屋でお話を」

そうしてローレルは先に進んでいく。

（うわぁ……王宮ってすっげー）

千春はお上《のぼ》りさんのようにキョロキョロと見て回る。日本のお城は見学したことがあるが、洋風のお城なんて外観を写真で見たことしかない。

「ここに王様とか王子様とか住んでるんですよね？」

千春は当たり前のことを質問してみる。

「はい、王宮と言っても宮殿の方にお住まいで、こちらは警備などが待機している場所ですね。宮殿はそんなに遠くないですが、王族の方は一部を除いてこちら側に来られることはほぼないですよ」

「はあ、そうなんですねー」

千春は頷《うなず》きつつ、一部を除いてとわざわざつけ加えたということは、誰かが来ているんだろうな、と思った。

「こちらへどうぞ」

ローレルは他よりも立派な扉の前で立ち止まり、その扉を開けた。

「うぁぁ……あ？」

豪華な部屋を想像していた千春は、拍子《ひょうし》抜けした。

ここは、机と本棚、テーブルにソファーと、落ち着いているが、質素《しっそ》な部屋であった。

「そちらにお座りください」

「あ、ありがとうございます」

にっこり笑うローレルに促《うなが》され、千春は三人がけのソファーに座る。ちょっと固いが、作りがいいのか、座り心地はいい。

「では、改めて自己紹介を。王宮魔導師団長のアリンハンド・ローレルと申します」

「えー藤井千春です。あー藤井が名字です。千春って呼んでいただければいいので」

「家名があるんですね、貴族の方でしたか」

「え？　いえ、私の世界ではみんな名字がありますよ。平民です平民！」

「そうでしたか……さて、どこから話しましょうか。とりあえずは、ザクエル……扉を召喚した男ですが、魔導師団の一員で第二師団の副師団長という肩書でした」

ローレルは一度息をついた。

「どうも、国家転覆レベルのことを仕出かすつもりだったようですね。先ほど待っている間に、持ちものを確認させました。まだ細かいところまでは調査できていませんが、異世界、しかも魔界か地獄に繋がる扉を召喚する魔法を使ったようです」

「魔界とか地獄とか本当にあるんですか？」

千春はびっくりして聞き直した。

「いえ、繋げるつもりだっただけで、実際にあるかどうかなんてわかりません。御伽噺《おとぎばなし》のレベルですからね。でもチハルさんの世界……異世界になりますが、そんな世界に繋げられるのであれば、可能なのかもしれません」

ほえええええ、と千春は再度驚く。

「そして、先ほども少しお話ししましたが、あの召喚した扉ですね、魔法で打ち消すか魔力を使い切るまで放置ということになるのですが……魔法で打ち消せないように魔法陣に仕込みがあるのを見つけまして……無理して消しますと、付近一帯吹き飛びそうなんですよ……」

「えええ……ヤバないですか、それ」

「ええ、ヤバ？　そうですね、とても危険です。仕込みを無効にしつつ魔法陣を消す、というやり方もないことはないのですが、すこーし時間がかかりそうで」

「どれくらいなんです？」

「魔力を使い切るのと同じくらいは……」

「少しちゃうやん！！！！」

思わずツッコミを入れてしまうが、千春にもどうしようもないということはわかった。

「まあいいですよ。そちら側からは入れないっぽいし、扉を閉めてたら問題ないんですよね？」

「はい。閉まってるときに何人かに扉を触らせてみましたが、触《ふ》れられませんでした。こちらからの移動や接触は無理ですから、問題はないかと思います。ただ魔法陣を破壊したときの衝撃がどうなるかは……なので、魔法陣を消すのはほぼなしということで」

「わかりました。で、一つ疑問があるんですけど」

「なんですか？」

「クローゼットの中身はどこに行ったんですか？」

「ああ〜〜〜多分……多分ですけれども、扉自体に魔法がかかっているので、裏側と言いますか、扉を閉じたまま側面から開ければ取り出せるかと……」

「それって、クローゼットの横に穴を開けろと？」

「……はい」

ローレルはばつが悪そうにしている。

（無理やん……よかったあ、制服は椅子《いす》にひっかけといて）

千春の割り切りは早かった。

「わかりました。しばらくクローゼットの中身は諦《あきら》めときます。開けられそうだったら、横からアタックしてみます」

「こちらの者がこんな事態を起こしてしまい、申し訳ありません。ところで、王族にも報告しておりますので、後日そちらでお話しできたらと思っておりますが、ご都合とか、そういったことは……」

「えーっと、平日は学校なので、土日祝日ならオッケーですよ」

「ドニチシュクジツ？　休息日のようなものですか？」

「そうですそうです。今日は木曜日なので、明日学校行ったら、次の日は休みになりますね」

「二日後ということですね。あ、そちらの時間とか大月《おおつき》の間隔はどういった感じなんでしょうか……」

千春とローレルは、互いの暦《こよみ》について話した。それによると、こちらの世界は一年が十二か月、一か月が三十日。そして、年末にプラス五日。合計で三百六十五日。一日は地球と同じく二十四時間だった。

現在は夜の二鐘《にかね》がなったので、夜の九時過ぎらしい。ほぼ日本の時刻と変わらない。

扉の召喚時にそういった指定があったのかはわからないが、同じなのは予定を組むのに助かる、と千春は思った。

ただ、日本は今、秋が終わり冬になろうかという頃なのに、こちらはもうすぐ夏だという。

それからしばらく話をしていると、千春は欠伸《あくび》をしてから叫《さけ》んだ。

「うわああ！　今何時!?　お風呂に入ってないし、宿題もしてない!!　今日はもう帰るので、明日また話しましょう！　そうしましょう！　そうしてください！！！！」

「あっ！　すみません！　では明日！　今日召喚された時間あたりでよろしいですか!?」

「それでお願いします！」

そろそろ日付が変わる時間であった。

「やっべえ、宿題は明日ヨリに写させてもらって、今からお風呂入って……寝られるかなー！　こんなことがあって寝られる気がしなあああああい！！！！」

日本に戻った千春は一人で騒いでいた。

## 第2話　王子殿下と魔法バカ

ばちーん！

「千春おっはよーん！」

翌朝、校門をくぐった千春の背中を元気よく叩《たた》いたのは、向井頼子《むかいよりこ》だ。幼馴染《おさななじみ》であり、同じクラスの親友である。

「あぁ……おはよぉぉ、ヨリ」

「どうしたの？　めっちゃ眠そうじゃん」

「うん……昨日色々あってさー……ああああああ！！！　ヨリ、古文の宿題見せて！！！」

「えええ！　やってないの!?　今日の宿題は写すだけだけど、忘れたらやばいじゃん！　ちょっとダッシュで教室行こ！　写すだけならホームルームまでに間に合うっしょ！」

「ありがっとおおおおお」

「いいよ！　お礼は学食の日替わりで！」

「うっ！　……はい、ぜひ奢《おご》らせていただけたらと……」

千春は頼子に答えつつ、こんな状況になった原因を思い出していた。

（くっ……ローレルさんになんかタカるか……ちくしょー！）


どうにか古文の宿題を乗り切り、千春は頼子とともに学食で昼食を食べていた。

「今朝はどうしたん、千春？　宿題忘れるとか、珍《めずら》しいじゃん」

「いや、うん、ちょっと映画？　洋画みたいなの見ててさー遅くなっちゃってね、忘れてた」

「ふーん」

頼子は紙パックのいちごミルクを飲みながら、さほど興味がなさそうに話を聞いている。千春は千春で、本当のことは言わずに言葉を濁《にご》した。なぜなら、頼子は異世界もののラノベやアニメが大好物で、もし本当のことを言えば確実に、連れていけと言うだろう。

「そだ、千春、明日さー買いもの行かない？　欲しい新刊出てさー、あと寒くなってきたからマフラーとか買いたいんだよねー」

「ああ……今週はちょっと予定がー……」

話題は変わったものの、千春はやはり返答に困ってしまう。

「えー……千春が予定とか珍《めずら》しいね。いっつもひまひまひまひまひまひまひま言ってんのに」

「そんなに言ってないわああ！　私だって用事があるさーねー」

「まあいいわ、今度遊びにいきまっしょい」

「うぃーっす」

そして放課後になった。待ち合わせの時間までまだあるので、千春は急いで帰宅する必要はない。

「確か、昨日晩ごはん食べてたのは八時過ぎだから……まあ、八時くらいに顔出せばいいかっ！」

ということで、冷蔵庫の中身を思い出しつつ夕飯のメニューを思案しながら帰宅。その後、千春は早めに晩ごはんを食べ、八時までにお風呂に入っておくことにした。

「晩ごはんは軽くでもいいかなー」

鶏肉《とりにく》を解凍しながら、タマネギ、ニンジン、ピーマンを微塵《みじん》切りにする。解凍した鶏肉を小さく刻んでフライパンに入れ、火が通ったら一緒に野菜を入れ炒《いた》めて、コンソメとケチャップで味つけをする。その間に、冷凍してあったごはんを電子レンジでチン！　これも混ぜてチキンライスの完成。

続いて、フライパンにバターを入れて溶き卵を焼き、手でそのフライパンの柄《え》をトントンと軽く叩《たた》きつつふわとろの状態でまとめ、皿に盛りつけたチキンライスの上にぽいっ！　それから、オムレツの真ん中にナイフで切り込みを入れる。

「ふわとろチキンオムライスー‼　フゥー！」

ハイテンションなのは、昨日、日付が変わるまで話した内容を思い出していたからだ。

「魔法かー魔法なんてものが本当にあるんだなー。そりゃそうかー。扉を召喚したのも魔法だし、言葉がわかるのも魔法だもんなー。魔法適性があったらいいなー！　どうしよう！　ファイアーとか出せたら！　うひゃー！」

今日はどういった魔法の属性に適性があるのかを、ローレルに鑑定してもらう約束をしていた。

ただ、向こうでもみんな魔力は持っているものの、属性に適性がある人は少ないという。

それでも、生活魔法というどの属性にも当てはまらない簡易な魔法と、手軽に買える低ランクの属性魔法をつけた魔法道具は誰でも使えるので、生活に支障はないらしい。そういうわけで、魔法自体は生活の一部であり、当たり前のものであった。

ローレルから貰《もら》った翻訳魔法のかかった指輪は、持ち主の魔力を吸い発動するため、微量だとしても千春が魔力持ちなのは確定だ。

「はあー、今日はゆっくりお風呂に入れたあ。昨日はシャワーだったからなー。やっぱり風呂がいいねー。特にこの寒い時期は、あったまるよねえ」

八時になり、千春はお風呂上りとはいえ、パジャマではなく外出できる服装とスニーカーを準備し、クローゼットの扉を開ける。

「はっ？」

帰ってきてから一度も開けなかった扉の向こうを見て、千春は自分の目を疑った。

「え？　部屋を間違いました？」

昨日は魔法陣とおっさん以外は何もなかった薄暗い部屋が、今日は凄《すご》く明るく、テーブルと椅子《いす》といった調度品が置かれ、おまけに若い女性が二人いた。

「「いらっしゃいませ」」

女性二人は同時にそう言った。そして、クールな印象の方が続ける。

「お間違いではありません、チハル様、私どもは王宮に仕えております。私は侍女のサフィーナと申します。よろしくお願いいたします」

もう片方のかわいらしい侍女も口を開く。

「同じく侍女のモリアンと申します」

二人は丁寧《ていねい》なお辞儀《じぎ》をしたあと、テーブルに千春を呼んだ。

「モリアンがチハル様の来訪を知らせに参りますので、少々お待ちくださいませ」

そう言いながら、サフィーナはテーブルに置いてあるティーセットにお茶を注ぎ、千春の前に置く。

ここは元々魔導師団が使う研究用の予備の部屋だという。そのため現在は使われておらず、調度品も明かりもなかったらしい。

「昨日と全然違う……」

「はい。魔導師団と王子殿下から、部屋を使えるようにとの指示がございましたので」

「はあああ、普通にここに住めますねえ。まあ、人が死んでましたけど……」

いくら調度品も素敵で明るく綺麗《きれい》になっても、人が死んだ場所には変わりない。

部屋自体は広い。千春が住んでいる家の居間が十二畳ほどで、その倍以上あった。千春はこんな広い部屋だったのかと思いながら、お茶を飲む。

そうしている間に扉がノックされた。千春は反射的に「はい！」と言ってしまい、椅子《いす》から立ち上がる。侍女のサフィーナが扉を開け、外にいた男性二人を招き入れた。後ろには、モリアンが付き従っている。

「お待たせしました、よろしくお願いします」

一人はローレルだ。そして彼の隣に立つ男性――肩まである金髪、目は透《す》き通《とお》ったような青、背《せ》丈《たけ》はローレルより少し大きいであろうか。

正確なところはわからないが、百八十センチはあるんだろうなあと、千春は思った。おまけにイケメンである。

「そ……その方はどちら様でしょうかー？」

千春は、おかしな敬語と上がり気味の声で、変な聞き方になってしまった。

しかし、幸い相手が気にした様子はない。

「私はジブラロール王国第一王子のエンハルト・アル・ジブラロールだ」

エンハルトは、千春に近づいた。

「国の者が迷惑をかけた。見知らぬ地への門を勝手に開き、閉じることもできぬとは、申し訳ない」

「いえいえいえいえ、扉を閉めれば大丈夫ですから！　だ、だ、大丈夫でございます！」

王族どころか、偉い人とすら話したことがない千春でも、王族が謝罪するなどという事態はあまりヨロシクないことだとわかる。

「と……とりあえずお座りになりますか？　あ、他の部屋でお話ししますか？」

千春は場の雰囲気《ふんいき》を変えたくて、促《うなが》してみる。そして、ローレルに目でチラッと合図した。

「そうですね、ここでお話ししましょうか。鑑定石も持ってきましたし、部屋も綺麗《きれい》になったでしょう」

ローレルはなぜかニッコニコである。

（お前なんでそんな笑っとんねん！）と、千春は心の中で叫《さけ》んだ。

そして三人はそれぞれ椅子《いす》に腰かける。するとサフィーナがささっとティーセットを増やし、紅茶らしきものをさりげなく出した。

（プロですね……）と、千春は心の中で呟《つぶや》いた。

「さあて！　細かいことはまだ調べ終わってませんが！　とりあえず鑑定石でチハルさんの魔法属性の適性を見てみましょうか！」

元気で、最高の笑顔のローレル。エンハルトはそれを当たり前のように見ていた。

（なんでこの人ウッキウキなん？　魔法の適性を調べるのは嬉しいけどさあああ！　……はあ）

千春は内心の疑問をぶつけることにした。

「ところで、なんで王子殿下がいらしてるんですか？　王族と会うのは私が休みになる土日だって言いましたよね？」

「はい。明日の正午の鐘《かね》、そちらの十二時ですね。もちろんその時間でお伝えしております。王子殿下は……その、私がチハルさんが今日も来られると話したら、ご自分も会ってみたいとおっしゃられて〜」

エンハルトは、ローレルの言葉にうんうんと頷《うなず》く。

（謝罪もしていただきましたし、いてもいいんだけどもぉ……帰ってくれてもいいんだけどもぉ……）

千春は内心複雑だった。

「まあ、それは置いといて。さあ、この鑑定石を使ってみましょう！」

ウキウキだなローレル……と思いながら、千春が鑑定石を見ていると、エンハルトが話しはじめた。

「こいつは魔法のことになるとバカになるからな。きっと異世界人の魔力に興味があるんだろう。勇者《ゆうしゃ》とか聖女《せいじょ》とかがかつて異世界から転生してきた人々だったというのを文献で知り、興味を持ってたからな」

「え？　異世界転生とかあったんですか⁉」

「ええ、文献でしか残っていませんし、この王国ができる前の話でもありますから、チハルさんの世界からかはわかりません。もしかすると、他の異世界からの転生者かもしれません。ただ、生まれも育ちもこの世界なので、魔力などは他の者と変わらないのではと思います。スキルなどは特殊だったようですが」

わからないことばかりの文献ではっきりしない、とローレルは悔しそうに語る。

「何年くらい前の話なんですか？」

「千年くらい前ですね、この国ができたのもその頃です」

「へえー、千年は凄《すご》いなー」

千春はそう言いながら、テーブルに置かれた鑑定石をそっと触ってみる。

「両手で包むように、左右から触ってください。そして、魔力を少し流してみてください」

「……どうやって？　魔力なんて流せないんですけど」

一応、鑑定石を左右から触ってみるが、何も起きない。魔力なんてものがなんなのかもわからないからしょうがない。指輪のように勝手に魔力を吸ってくれるならまだしも、流せと言われても、千春には不可能だった。

　すると、ローレルが言う。

「そうですね、利き腕はどちらですか？」

「右！」

「では、右手から石を通して左手に熱を送るイメージをしてみてください」

「むーーーーー………（むーんむんむんとーどーけー）」

　言われた通りにやっていくうちに、千春は手の平が熱くなってきたように感じた。さらに続けていくと、鑑定石がわずかに光りはじめる。

「あ、ぼんやり光ってきた」

「いいですね、もう少し送れますか？」

「やってみます」

　千春は（あったかいの通れー！）と念じながら、手の平に集中する。光が増え——そして、鑑定石の上にポップアップウインドウが現れた。

「ゲーム画面かよ！」

　千春は思わずツッコミを入れた。よくゲームや漫画で出てくるあれが目の前に浮かんでいる。

「見えましたね。えーっと……魔力は平均的な数値ですね」

　ローレルにも、というか他の人にも見えるようだ。

**チハル　17歳**
**ＨＰ38／38　ＭＰ39／43　攻撃力4　防御力3　素早さ15　器用さ86**
**スキル：料理7　家事4**
**属性：聖《せい》／水《みず》／風《かぜ》**

「ほおお！　これはなかなか……属性が三つとは逸材《いつざい》ですね！」

「おおー！　魔法属性三つ！　これ、魔法が使えるんじゃないですか!?　ねえねえ！」

大喜びのローレル、ニヤニヤする千春。一方、エンハルトは黙って一点を見つめていたが……

「器用さ86はなかなかいないぞ。凄《すご》いな……って、お前成人してんのかよ！」

言葉遣いが崩れてるのも気にせず叫《さけ》んだ。

聞くところによると、この国の成人は十五歳以上であり、純日本人の千春はそれはそれは慎ましい体形なので、十二、十三くらいの年齢に見られていたのだ。

千春は（あー、日本人あるあるだわー）と思っていたが、しかしそれよりも気になることがあった。

「ねえ、なんで日本語で書かれてんのに読めんの？」

千春はエンハルトにあわせて言葉遣いを崩した。もういいかな、と。

それはともかく、彼女にしてみれば、表記は日本語なのに二人とも読めてるのが不思議だったのである。しかし理由は簡単だった。

「私たちには、こちらの文字で見えてますよ？　逆によく読めたなあと思ってたんですが。そちらの言語で読めるんですね。新たな発見です」

「ふぅーん。ちなみに、ステータスの平均値ってどれくらいなの？」

「そうですね……十七歳ということで、まあ成人女性の平均から言いますと、体力は50～60、魔力は20～30、攻撃力や防御力は筋肉の付き方が関係しますが、10前後で素早さも同じですね。器用さに関しては、30もあれば器用だと言われます。ちなみに侍女あたりは、貴族子女が行儀《ぎょうぎ》見習いとしてやっているということもあり、器用さは50前後ならかなり高いです。そしてスキルは10段階あり、4もあれば、仕事にできる感じですね」

「つまり私は、基本平均以下だけど、魔力はぼちぼち。器用さは異常と……誰が異常か！」

「まあ平均ですからね、魔術師《まじゅつし》でしたら魔力は１００以上、魔導師でしたら２００以上はないとだめですけどね」

「ええええ！　んじゃ魔法は？」

「そうですね、生活魔法を使いつつこの三属性の魔法を訓練すれば……まあそれなりに……ぼちぼち？　使えるのではないかなあと」

ローレルが悲しい事実をさらっと言う。

（くっ……せっかく三属性があるって喜ばせておいて落とすのか！　ちくしょー！）

内心がっかりしている千春に、エンハルトが声をかけた。

「いいじゃないか、王宮の侍女でもそんなに高い器用さを持ってるやつはほとんどいないぞ。料理スキルも料理長くらいあるんじゃないか？」

そこへ、ローレルが空気を読まずに口を開く。

「大丈夫ですよ。とりあえずどれくらいの魔法を発動させられるか見てみたいので、後日、訓練してみましょうか！」

終始ニコニコと笑っているローレルに対し、エンハルトと千春は、（どんだけ魔法バカなんだよ）という思いをはからずも共有していた。

すると、ゴーンゴーンと、夜の二鐘《にかね》（午後九時）が鳴る。

「では、あとは明日王様たちとのお話のあとにしましょうか。昨日の今日で遅くなるのも問題でしょうし」

ローレルの言葉にエンハルトも賛成し、今日はお開きになった。こちらの世界では、普通夜の二《に》鐘《かね》が鳴る頃に寝て、朝の一鐘《いちかね》（午前六時）前くらいに起きるらしい。だから、今ここにいる侍女たちは残業していることになる。

（残業代出るのかなー）

千春はそう思いながら日本に戻った。

## 閑話《かんわ》　王宮の一室にて

千春と話をしたあと、第一王子エンハルトと王宮魔導師団長であるアリンハンド・ローレルは、エンハルトの私室に移動した。遅い時間だが二人とも王宮で寝泊まりしているので問題はない。

「で、師団長から見てあの娘はどうなんだ？」

「そうですね、魔力量から見てまだ伸びしろはありそうです。三属性の魔法、あえて言いませんでしたが『聖』の属性を持っていましたね。何年振りでしょうか、修行していないのに聖属性持ちという人材は」

「そうだな。俺もそんな話はあまり聞かない。それに、聖魔法を習得できる人間は稀《まれ》なんだろう？」

「はい、そう聞いています。魔法関連の知り合いで、教会に入った者もそう言ってます。魔導師団には教会からスカウトした者もいますので、教会で行う修行の方法を聞いて試したことがありますが習得できませんでしたね。まあ、他の属性にも回復魔法はありますし、現状としては聖魔法が絶対必要というわけではありませんから、問題はないですが」

「ああ、必要なときは教会に頼めばいい。金はかかるだろうが仕方ない。使える者がいればとは思うが、ないものねだりをしてもしょうがないからな」

「そういうことです。ですから最初から聖属性を持つチハルさんは、研究できるいい人材なんですよね」

聖属性というのは、基本的に最初から持つものではない。教会、それも神聖教会での修行を何年も行い、なおかつ限られた人物だけが習得できる属性である。治癒《ちゆ》、回復、病魔、浄化などの特殊魔法が主だ。治癒《ちゆ》や回復は他の属性でも可能だが、浄化は聖属性にしか存在しない。たまに、生まれた頃から持つ者もいるが数年、数十年に一人であった。

「聖女……ではないのか？」

「ええ。聖女でしたら、スキル欄に聖女と表示されます。これは文献にもありましたので間違いないと思います。それに、その場合は魔導師くらいの魔力があるはずです。チハルさんは、できても回復くらいでしょうね」

「そうか。他はこう……ぱっとしない感じだったが、器用さが高いくらいか？」

「そうですね。これといった特徴があるわけでもなく、普通なんですよね。異世界人ということで、どこかに極端な数値が現れるかと思いましたが……」

「ふむ。ところであの門……扉は問題ないのか？　色々と問題がありそうな気がするんだが。今後何もないと確定しない限り、あのままというわけにはいかないだろう。それこそ、あの部屋ごと封鎖しなければいけなくなる」

「ええ、最初に話したときに、異世界転移の物語を少々聞かせてもらいました。転移が何度もできるパターンの問題点として、こちら側、あちら側の武力やビョウゲンキンというものに注意しないといけないそうです。ただチハルさんの家から武力と言えるものを持ち込むのはほぼ不可能で、こちらからは指一本向こうに行くことができなかったので問題ありません。ビョウゲンキンとは病魔のことらしく、対策として門のある部屋に病魔浄化の魔法を魔石付きで設置済みです」

ローレルは、話を続ける。

「あちらから来ても、こちらから帰るときも問題なし。おかげで教会の方には色々と疑われましたし、お金もかかりましたが、病魔対策用の部屋ということで問題ありません」

「そうか、そういうことなら大丈夫だろう。それに、自由に行き来できるんだ、今後も話を聞くことはできる。あちらの有用な知識はぜひとも受け入れたい。父上も同じ判断だ。それこそ国賓《こくひん》扱いでも構わんくらいだな。身なりからしてもいい暮らしをしているようだ。少し話しただけだが、学もあるようだな」

「そうですね。あちらの物語を聞いただけでも、かなりの情報がありました。聞いたことのない技術や魔法、スキルの概念も、こちらよりも詳しく話していましたから、相当だと思いますね」

二人としては、これを機に千春からこの国、この世界で役に立つ情報をできる限り引き出したかった。

「それはさておき、チハルは危険人物ではなく、門も問題ない。こちらが迷惑をかけている状況だ。あの部屋はチハルが寛《くつろ》げるように模様替えもしたし、この国にいるときはあそこでのんびりしてもらおうか」

「あと、チハルさんが来たときに対応できるように、扉が開いたら、侍女たちの待機所か侍女長に伝わるようにしておきましょう」

「ああ、そうしてくれ。では面倒な話は終わりにして飲むか？　アリンと飲むのは久しぶりだからな」

「ハハハ、ハルトは飲むと絡むから嫌なんですよ」

「そんなことはないだろう。お前だって結構酒癖《さけぐせ》は悪いぞ。俺なんて可愛《かわい》いもんだ」

「毎回言いますけど、ハルトに飲まされてるんですからね？　私は自分の飲むペースを崩さなければ大丈夫なんです」

「ほう？　そう言いながら、黙ってたら簡単に一本空《あ》けるだろう？」

「まあ、美味《おい》しいお酒でしたら飲めますよね」

王宮魔導師団長アリンハンド・ローレルとジブラロール王国第一王子エンハルト・アル・ジブラロール。この二人は幼馴染《おさななじみ》であり、今も二人きりのときはあだ名で呼び合う仲だった。二人は酒を飲みながらも、今後チハルがこの国に気楽に来られ、そして自分たちも楽しく過ごせるような計画を練るのであった。悪巧《わるだく》みとも言うが……

## 第3話　手抜きタマゴサンド

翌朝。千春はまた寝不足だった。

「あ〜〜〜〜〜」

あれから部屋に戻り、魔法が使えるか色々試しているうちに、寝るのが遅くなってしまったのだ。

結局何も使えず、魔力を感じることもできなかった。

「手の平が温かく……ならなかったなー。まあいいか。今日教えてくれるって言ってたし！」

そして歯を磨き、着替えをし、朝ごはんである……が。

「八時か、誰かいるかなあ？」

千春はクローゼットの扉をそーーーっと開けてみるが、誰もいない。

(そりゃそうか、いるわけないよねー)

と思いつつ扉を抜け、小洒落《こじゃれ》た感じに模様替えされた召喚部屋をうろつく。備えつけられたテーブルの前に行き、椅子《いす》に座ろうとしたとき、部屋の扉からノックの音が聞こえた。

「サフィーナです。チハル様、いらっしゃいますか？」

「はぁあい!?」

「入ってもよろしいですか？」

「は、はははい！　どうぞ！」

侍女のサフィーナが扉を開け、恭《うやうや》しく礼をし入室する。ティーセットを載せたワゴンを押し、何もなかったように扉を閉め、千春と目を合わせてから、ニコリと微笑《ほほえ》む。

「いらっしゃいませ。お茶をお持ちしましたが、お飲みになりますか？」

「あ、はい……いただきます」

千春は緊張しているせいで、言葉遣いが丁寧《ていねい》になっていた。

サフィーナはケトルに手をかざし呪文の詠唱を始めると、ほんの少しの時間で湯気《ゆげ》が出てきた。

「ふあああ……魔法ですか？」

「はい。生活魔法の一つで、お湯を沸《わ》かす呪文です。紅茶の温度に合わせるのに結構コツがいるんですよ」

そう言って、サフィーナは微笑《ほほえ》んだ。そして、洗練された手付きで準備し、ティーポットへお湯を注ぎ、少々待つ。それから、ティーカップに入れておいたお湯を捨て、紅茶を注ぎ、千春の前に出した。

「はあああ」

ため息をつきながらそれを眺《なが》めていた千春は、ティーカップに口をつけた。

「うまっ！　紅茶ってこんなに美味《おい》しいんですね」

「ふふっ。昨日もお飲みになりましたよ」

「いやあ、昨日は部屋の様子が変わってたし、すぐにあの二人が来たから、味わえなかったんですよ……そういえば、私が来てすぐにサフィーナさんが来ましたけど、たまたまなんですか？」

「いいえ、師団長様が今朝この部屋に、チハル様が来られると私に伝わるように魔法を設置されたんです。その話を今ちょうどうかがったばかりで、待機所に戻るところだったのです。ティーセットは隣の部屋に準備してありました」

サフィーナは耳についているイヤリングを人差し指でツンと触る。どうやら、千春が扉を使うと、サフィーナのイヤリングから小さな音が鳴るらしい。

「へぇー師団長すごー」

紅茶を飲みつつ、二人はなにげない女子トークをする。サフィーナは落ち着いていて、見た目も大人の女性という感じだが、実は自分と同い年であったことに、千春は若干《じゃっかん》の、いやかなりのショックを受けた。

そのとき、ぐぅぅぅ～～と、千春のお腹が鳴った。

「あああ朝ごはんまだだったあ！」

食べていないことを思い出し、千春はバタバタと扉の向こうにある自分の家へ戻ろうとする。すると、サフィーナが言った。

「もしよろしければ、ご準備いたしましょうか？」

「あ、いや、部屋に戻ればあるし！　徒歩二十歩くらいだから大丈夫だよ」

緊張が解けたこともあり、千春はタメ口に戻っていた。さすがにサフィーナの方は口調を崩すわけにはいかないようだが。

「では、紅茶を淹《い》れ直しますので、こちらでお食べになりますか？　徒歩二十歩ですし」

サフィーナはニコニコしながら、紅茶の準備を始めた。

「うん、それじゃ二、三分で作ってくるね」

部屋に戻った千春は、扉も開けたままキッチンに立つ。サフィーナにもその様子が丸見えだ。

「んーサンドイッチにするかー」

千春は一センチほどに切った食パン四枚にバターを塗る。スクランブルエッグを作って、ボウルに入れ、マヨネーズとブラックペッパーで和《あ》える。それをパンにはさんでタマゴサンドを作り、ランチプレートに載せて、異世界の部屋へ持っていく。

「ただいまー！」

「紅茶をお注ぎいたしますね」

「ありがとう！　いっただっきまーす！」

パクパクかじりつく千春。それを見ていたサフィーナが目を見張った。

「チハル様……それは、パンですか？」

「うん、ひょくぱんだお」

千春は食べながら返事をする。

「あ、すみません、食べ終わってからでも大丈夫ですから。それにしても、そんな真っ白な……とても柔《やわ》らかそうな……そちらのパンはとても美味《おい》しそうですね」

「そう？　ただの手抜きタマゴサンドだけどね」

千春は紅茶を飲んでから答える。だが、サフィーナの目はタマゴサンドに釘づけだった。

「一つ食べる？　まだ作れるから」

にっこり笑ってサフィーナにプレートごと差し出す。しかし、サフィーナは遠慮や侍女としての対応もあり、なかなか手をつけない。しかし目はタマゴサンドから離れない。

どうしたもんかと思った千春は、タマゴサンドを一つ掴《つか》み――

「はい！　サフィーナさん！　あーーーーん！」

「!?」

有無を言わさずというのはこういうことであろう。千春は、思わず開けてしまったサフィーナの口にタマゴサンドを押し込んだ。

「！！！！」

「へへー、美味《おい》しい？」

サフィーナは、コクコクと縦に首を振る。初めての食パン。そして、マヨネーズの酸味に、こちらではかなり高価である黒胡椒《くろこしょう》。

サフィーナは、残りのタマゴサンドも、恥ずかしそうに、しかしとても美味《おい》しそうに食べた。

「サフィーナさんもそこに座って紅茶飲まない？　一人で座ってるの寂しいんで……お願いっ！」

千春は上目遣いでお願いする。

そういうのは男にするものであって、同い年の女性にするものではないのだが、サフィーナは断るのもどうかと思い了承した。自分の紅茶と千春の紅茶をまた淹《い》れて座った。

そして淑女《しゅくじょ》とは言いがたい女の子二人のガールズトークが始まり、待ち合わせであるお昼になるまでに、二人は『様』も『さん』もつけず名前で呼び合うほど仲よくなった。

## 第4話　筋肉モリモリ……

コンコンコンと、扉がノックされた。

「はーい、どうぞー」

千春が答える。

「失礼します」

ローレルとエンハルト、そして文官のような服装をした人が一人入ってきた。

今日は国王陛下たちに会うことになっていて、その迎えに来たようだ。

「お待たせいたしました。準備がよろしければ移動いたしましょう」

文官がお辞儀《じぎ》をし、そう千春に促《うなが》す。

「はい、大丈夫です」

「では、行きましょうか」

ローレルも促《うなが》してくれる。

部屋を出て数分、魔導師団の棟を歩いていると、周囲の様子がよくわかる少し開けたところで、千春は目を見開いた。そこには御伽噺《おとぎばなし》に出てくるような西洋のお城があったからだ。

「ふおああ!!」

千春の口から出てきた声に、男三人は微笑《ほほえ》んだ。

「もうすぐ着きますので」

文官が前を歩いている。進むにつれて、王様と会うことへの実感が湧《わ》いてきて、千春は物凄《ものすご》く緊張してきた。

「王様と会うんだよね?」

とはいえ、エンハルトにはもう気兼《きが》ねしていない。

「ああ、一応この件に関しては緘口令《かんこうれい》が出ているから、正式な謁見《えっけん》ではない。もう緊張しなくてもいい」

エンハルトはそう言って、千春に微笑《ほほえ》む。

「王様なんて……マナーとかわからないんだけど！　大丈夫？　『無礼者！』とか言われない？」

「はっはっは！　大丈夫だ、ちゃんと話してあるから、普通の年上のおっさんと話す態度でいいぞ。今日は内々での話だし、父上もそういうことはあまり気にしないタイプだ。まあ、会ってみればわかる」

王子は大笑いしているが、そう言われて素直にリラックスできるわけがない。

そして城に入り、廊下を数回曲がったところにある、他よりも豪華な扉の前に、兵士が二人立っていた。

「チハル様をお連れしました」

文官の言葉で、兵士が扉をノックする。中から返事があり、千春たちは入室する。そこでは、二人の男性が待っていた。一人はロマンスグレーで渋いオジサマ、もう一人は……筋肉モリモリなオヤジだった。

「お越しいただき、ありがとうございます。こちらは、エイダン・アル・ジブラロール陛下でございます。私は宰相《さいしょう》を務めるルーカス・クラークと申します」

ロマンスグレーの方――クラークが紹介してくれたが、千春の頭の中は「え？」である。まさか筋肉モリモリな方が国王陛下だとは思わなかった。

「エイダン・アル・ジブラロールだ、異世界の少女よ」

「あ？　え？　藤井千春です。あ、名字が藤井で名前が千春ですっ！」

急に話しかけられ、緊張がパニックに変わったが、なんとか名乗ることはできた。

「ハッハッハ！　そんなに緊張しなくてもいい。異世界というところがどういうものなのか興味があるのでな、少し話をさせてもらえんか」

エイダンは笑顔で千春を見つめる。

「では、こちらへお座りください」

と、クラークが三人がけのソファーに促《うなが》す。千春はお辞儀《じぎ》をしてチョコンと座り、右にはローレルが、正面のソファーにエンハルト、左の上座《かみざ》にあたるソファーにエイダンが一人座る。クラークは国王の後方に立っている。

「まずは、この度王国の者が面倒なことを引き起こそうとして迷惑をかけた。大事にはならなんだが、お嬢さんに迷惑をかけたことは変わらん。何か詫《わ》びになるものでもと思うのだが」

「いえ！　大丈夫です！　クローゼットを閉めたら大丈夫なので！　あ、でもコチラの世界には興味があるので、よろしければ遊びに来るくらいは許していただければと。魔法とか興味あるので！」

「ふむ……こちらとしても異世界に興味がある。色々と話を聞いてみたいのでな。場所が場所だから、ある程度の制限はさせてもらうが。とりあえずローレル、お嬢さんの後見人として面倒を見てくれ」

「はい、承《うけたまわ》ります」

ローレルが頷《うなず》いたのを確認し、エイダンは千春に視線を戻す。

「でだ、早速だがそちらの世界は、どういった世界なのだ？」

「えー、まず魔法というものはないです。代わりに科学というものがありまして……」

千春は、地球という広範囲ではなく「日本という国」での文化、義務教育で習う理科、数学、社会などをわかりやすく、それこそ小学校で習うようなことを話した。なぜ雨が降るのか、火はなぜ燃えるのか、民主主義は軽く流し、掛け算割り算なども、本当にわかりやすく。

「「「「…………」」」」

「あれ？」

四人が目を見開き、無言で千春を見つめていた。説明していると相手の驚く姿が面白くて、つい彼女も調子に乗ってしまったため、科学の話題あたりからは反応がなくても一人で喋《しゃべ》り続けていたのであった。

「う、うむ、そのカガクというものが凄《すご》いことはわかった。ただ理解が追いつかぬ」

かろうじてエイダンが言った。エンジンという内燃機関で動く鉄の塊《かたまり》に乗って高速移動するとか言われても、彼らには想像もつかないだろう。

「それよりも、麦の連作障害の話に戻るが、その対策がわかっているというのは本当か？」

「はい、同じものを植え続けると同じ栄養素ばかり取って土が偏《かたよ》っちゃうので、肥料を入れるとか違う植物を一度間に入れるとか。あとはクローバーとか……植えるとよかった……はずです。もしよろしければ、詳しく調べておきましょうか？」

千春も学校で習ったとはいえ詳しく覚えていない。ただ、異世界と言えば連作障害はあるだろうなと話の中に入れたら、思った以上に食いつかれてしまったのだ。

「よろしく頼む。では後日、ローレルに詳細を伝えてもらってもいいか？」

「はい、明日にでも伝えます！」

エイダンが頭を下げそうな勢いでお願いしてきたため、千春はついやる気になってしまった。

「そ……そんなに早く調べられるのですか？」

クラークが驚きを隠さず聞いてくる。何を当たり前な、ネットを使えば数秒ですよと思いながら、「はい！」と千春は答える。

「で、では、後日……いや明日、ローレル殿、よろしくお願いします」

「はい、わかりました。詳細を纏《まと》めておきますので、明日の昼一鐘《いちかね》（午後三時）の頃にでもお願いします」

クラークとローレルの話が終わり、今後の話は詰めてから後日、ということでこの面会はお開きになった。

★

国王と宰相《さいしょう》が出ていったあとも、千春たちはしばらくソファーに座っていた。

「いやはや、チハルさんの国は凄《すご》いですね。義務教育とやらで九年も勉強できるとは。知識が豊富になり、新しい技術が生まれるわけですよねえ」

羨《うらや》ましいと言わんばかりの顔で上を見上げるローレルだが、千春は空笑《からわら》いであった、勉強が好きではない彼女には、学問ができることが羨《うらや》ましいという気持ちがわからなかったのだ。

「確かにチハルの知識や向こうの技術や知恵には興味をそそられるな。こちらの世界でも応用できれば、平民や農民の生活を改善できることが多そうだ」

エンハルトも感心している。

「そだねー。こっちの世界はよく知らないから、色々見せてもらって何かできそうなことを教えていければいいかなー。でも気をつけないとねー。ノーベルさんも言っていた！『この世の中で悪用されないものはない』ってね。ローレルさんと王子様はちゃんとそこは押さえて、平和に使ってね」

ローレルとエンハルトは真面目《まじめ》な顔をして千春に頷《うなず》いた。

「で！　お昼過ぎてんだけど！　おなか減った！　一回帰ってなんか食べてくるよ。その後魔法教えてよね！」

「あ、それでしたら、研究棟の食堂でお昼どうですか？」

ローレルが提案する。

「え？　マジで？　食べたい食べたい！　美味《おい》しいの？」

「んー普通ですね。可もなく不可もなく」

「えー、そこは美味《おい》しいのを食べさせてよ」

ローレルと千春はもう食堂で食べる気満々だ。

「それじゃ、俺も今日は一緒に食べるかな」

エンハルトは王宮に自分の食事が用意されているが、今日は付き合うらしい。三人はワイワイ言いながら魔導師団研究棟の食堂へ向かう。千春が初めて食べる異世界の食事だ。

## 第5話　やっぱりパンは固かったか！

「ここが魔導師団研究棟の食堂です」

ローレルに連れてこられたのは、学校の体育館の半分くらいの広さで、バスケットボールができそうなくらい広い部屋だった。

「おー！　広ーい！」

「魔導師団だけでも百人以上いますからね。一度に全員来ることはありませんが、集まっても大丈夫なくらいには広いですね」

部屋の半分に長テーブルがあり、もう半分に六人ほどが座れるテーブルが複数ある。調理場は学校の教室よりも広く、今も十人くらいが料理をしていた。

「さて、それでは注文を。チハルさんは苦手な食べものとかはありますか？」

「んーーー基本なんでも食べるから大丈夫だと思うけど、何があるの？」

「肉や魚がメインで、それにサラダとパンがつきますね。お肉でいいですか？」

「いいよー」

「殿下は何にしますか？」

「俺も同じでいいぞ」

ローレルは受付で三人分の注文をし、窓際のテーブルにみんなを連れていき、待つように言った。

「番号札を貰《もら》って、できたら取りに行くの？」

千春は自分の学校の食堂のシステムを念頭に、ローレルに聞いてみた。

「そうですね、普通はそうなんですが、今日は持ってきてくれますよ。私や殿下がいますからね」

そりゃそうか、王子様に取りに来させるとかはないよね、と千春は納得した。

「食事が終わったら私の執務室で、魔法の基本と発動できそうな魔法の練習をしましょうか、殿下はどうされます？　戻られますか？」

「ああ、そうだな、邪魔になるだろうし、戻って仕事をしてくる。チハルは明日もこっちに来るのか？」

「うーん、日曜は向こうで買い出しとか食事の準備をするつもりで、それが終わってからになると思う」

やがて、料理を持った給仕《きゅうじ》が来た。

「お待たせしました。本日のオススメ、ローストチキンと野菜スープです」

「ありがとう」

ローレルがお礼を言い、三人の前に料理が並べられる。ローストチキンは皮目がしっかり焼かれており、スープは色の濃いニンジンのようなものと葉野菜、あとは溶けかけているタマネギが入っていた。他はザワークラウトのようなサラダと丸いパンがついていた。

「さあ食べましょうか」

ローレルは鶏モモにフォークを刺し、口に入れる。エンハルトも肉から行くようだ。千春はパンを手に取りかぶりつく。

「あ……あがっ！（固っ！！！！！）」

異世界と言えば黒パンと認識していたが、普通のよりも焼けてるなーというくらいの色合いのパンなので、中身は普通のパンかと思ったのだ。しかも、大きいアンパンサイズだったため、かじりついてしまった。

「あっ、千切ってスープにひたすか、チキンのソースをつけながら食べるといいですよ」

ローレルが教えてくれた。

「この世界のパンってこんなに固いの？」

「ええ、これはまだ千切《ちぎ》れますけど。市井《しせい》のパンは薄く切って割る感じですよ」

千春には軽いカルチャーショックだった。

気を取り直して手で千切《ちぎ》る。フランスパンよりも固いが、千切《ちぎ》れないことはないので、少し千切《ちぎ》りスープに入れ、スプーンで食べてみる。

「……モグモグ……うん、とても素材の味を生かしたスープね」

スープは薄い塩味に微《かす》かにハーブらしき香り、あとは野菜の甘味があるくらいだった。

そして、メインディッシュのローストチキンを食べてみる。

「うん、こちらも素材を生かした上品な味つけ」

「そうですね。こちらではこれが一般的な食事になります」

「王宮の食事はどんな感じなの？」

「そうだな、食材は食堂よりもいいものを使っているが、味つけは同じようなもんだな」

エンハルトはそう言いながら、パンをチキンのソースにつけ食べる。

「えーっと、もしかして塩とか調味料って高価？」

ローレルが頷《うなず》いた。

「ええ、塩は岩塩から取れますが、輸入に頼っている分もあり、安くはないですね。胡椒《こしょう》は貴族や大商人が使うくらいで、砂糖は贅沢品《ぜいたくひん》になります」

これは、もしかしなくても調味料販売チートができるのでは、と千春は心の中でニヤける。

「もしかして、チハルの世界では調味料が安く手に入るのか？」

千春の内心が思いっ切り顔に出ていたため、エンハルトが聞いた。

「うん、塩とか砂糖は普通にキロ単位で買えるよ。私のお小遣いでも」

「本当か⁉　買い取るから持ってきてくれ！」

「でも、王国には海もあるってサフィーナが言ってたけど、塩は作んないの？」

千春はサフィーナと話をしたときに、王国には海に面した領地があることを聞いたため、まさかそこまで塩が高いとは思わなかったのである。

「ああ、西にあるハース領は海に面していて塩を作っているが、王国全体を賄《まかな》うほどの生産はできてない。あと、苦みも少しあるからな」

「ふーん。ってことは、塩田とかニガリを取る方法とかは知らないのかー。それも調べて、明日ローレルさんに伝えとくよ」

「「え？」」

「私が塩持ってきても限界あるじゃん？　作れた方がよくない？」

「そ、それはありがたいのですが、よろしいのですか？　持ってきていただくだけでも、かなりの金額が手に入りますよ？」

ローレルが尋《たず》ねる。それはそうであろう。生きていくのに必要な塩の生産方法を、しかも精製方法まで教えてくれるという。自分がそれを掌握《しょうあく》すれば、大儲《おおもう》けどころではない情報なのに。

「いいよいいよ！　それじゃ、胡椒《こしょう》とか砂糖で儲《もう》けさせてもらおうかな！」

塩は海からいくらでも作れるが、胡椒《こしょう》や砂糖は育てるところから始めなければならない。千春としては、そこも儲《もう》けのネタになると思っていた。

「それじゃ、ささっと食べて、魔法のお勉強をいたしましょー！」

「そ、そうだな」

「そうですね……」

エンハルトもローレルも、この件は早急に国王と宰相《さいしょう》に話をしなければならないと、目くばせする。千春はそれに気づくことなく、ニコニコと味の薄いお昼を食べていた。

★

昼食後、エンハルトは二人と別れ、足早に王城へ戻った。そして国王と宰相《さいしょう》に、塩の件を話した。

「殿下……その話は……いや、先ほどの話もありましたので、嘘ではないのでしょう。明日はローレル殿から詳細を聞き、南東の穀倉地帯で試験的に連作障害対策の計画を組む予定でしたが……」

「そうだな、塩田か。塩が安定して作れるとなれば、王国としては願ったり叶《かな》ったりだ。これも明日詳細がわかるのなら、ハース領主を呼んで計画を組まなくてはならんな」

クラークとエイダンは、改めて計画をし直す必要があると考えていた。

「うむ、エンハルトよ、この件は了解した。ローレルとともにチハル嬢の対応を任せる。何かあればすぐに報告してくれ。今つけている侍女は二人だったな。このままチハル嬢の付き人とするように、執事長のセバスに話をつけておけ。あの部屋の隣を侍女の待機部屋として改装して構わん。必要なものがあれば報告させるように。とりあえずは以上だ」

エイダンは千春の存在価値を引き上げた。それは、王国の今後の発展に貢献《こうけん》どころではない。利益をもたらす人物であると断じたからだ。もちろんはじめは小規模の試作から始めるが、この情報が嘘や間違いだとは到底思えない。

そして、結果次第では千春に爵位を与えてもいいと思っていた。いや、与えなければならないと思い直した。

「承知しました」

エンハルトは部屋を出た。国王の勅命として、千春の応対をするように命じられた。元からそのつもりであったが、第一王子という立場もあり、特定の女性に付きっ切りというのは問題があるとも思っていた。それが解消したのだ。個人的にも千春は面白いと感じており、今日も執務を部下に押しつけ、ローレルとともに千春と行動したほどだ。そして——

「まずはセバスに連絡だな」

これから何が起こるかワクワクした。自然と笑っていた。

# 第6話　魔法少女爆誕！

ローレルは自分の執務室の扉を開け、千春を招く。

「どうぞお入りください。あ、お茶も淹《い》れましょうか」

そう言うと、廊下にいたメイドに一言二言話し、扉を閉めた。

「そこに座ってください。少し準備しますので」

千春は三人がけのソファーにポンと座り、ローレルを見る。ローレルは数冊の本、グラス、水晶のような欠片《かけら》をいくつか千春の前にあるテーブルに置いた。

「では、まずは魔法の属性説明からさせていただきますね」

ローレルが六個の水晶の欠片を並べる。

「基本の属性は四つ、火・水・風・土になります。そして上位属性として闇《やみ》・光《ひかり》の二属性。特殊属性として聖・魔《ま》。どの属性にも当てはまらない無属性。全部で九つの属性があります」

ローレルは水晶を指差した。

「そして、チハルさんが持つのは、基本の水・風、そして特殊な聖の三種類になります。なお、無属性魔法は魔力があれば基本誰でも使えますが、得手不得手がありますので、魔法によっては使えないことがあります」

「それじゃ、四属性使えるってこと？」

「はい。正確に言えば、違う属性でも発動はできますが、そのためには魔力が数倍必要で、魔力が少なければ初級の魔法も発動できません」

ローレルは、空《から》のグラスを千春の目の前に置く。

「魔法に関しては、呪文の詠唱を行うことで場を整え、そして魔法名を唱えることで発動となります。呪文の詠唱は、イメージを正確かつ的確にできれば省略できますので、魔導師であれば初級の魔法くらいなら魔法名を言うだけで発動することが可能になります」

ローレルはグラスに手をかざし、魔法名を呟《つぶや》く。

「ウォーター」

すると、手とグラスの間から水が湧《わ》き出て、グラスに溜《た》まっていく。

「おおおお!!」

「これが水の魔法ですね」

千春は初めて見る水魔法に興奮した。ローレルはグラスの水を一度捨て、彼女の前に再度置く。

「では、手の平で魔力を感じるところは前回お教えしたと思います、手の平に体中から熱を集めるイメージをしてください。そして呪文の詠唱なのですが……この本は読めないですよね。なら、私が言う言葉を続けて言ってもらいましょうか」

「えっと、イメージができれば、呪文の詠唱はいらないんだよね？」

「はい。しかしチハルさんの世界には魔法がないので、イメージは難しいのではないですかね？」

ローレルにしてみれば、一度しか見せてないのにイメージができるとは思えなかったし、そもそも詠唱してさえ初めての魔法に一発で成功した者を見たことがなかった。

（えーっと、物語だと空気中の水分を集めて水にするとかあったよね。結露をイメージ？　水の元素記号は$H_2O$。水素が2に酸素1……空気中の水素と酸素を結合……）

そんなことを考えながら、千春はまず手の平に熱を送るイメージをする。なんとなく手の平にフワリと生じた違和感。そして、手の平をじっと見ながら心の中で『水』と呟《つぶや》く。

「あっ」

手の平から水がサラサラと流れてきた。まだ魔法名を唱えていない。こちらで言う無詠唱で、さらに魔法名省略であった。ローレルは目を見開いていた。

「魔法名も省略ですか……初めての魔法で無詠唱、魔法名省略とは恐れ入りますね」

それから、苦笑いしつつ千春を見つめる。

「あーアハハハ。私の世界には魔法がないって言ったけど、物語とかゲームでは普通にあるから。あと、気体の水分とか元素記号をイメージしてたら水が出たね」

ケラケラと笑いながら、千春はすでに水が止まった手の平を見る。

「それでは、風の魔法を発動するとしたら、どんなイメージをしますか？」

異世界の物語の魔法、そしてカガクが混じったイメージがどんなものなのか。王宮魔導師団長として、そして一人の魔法研究者（魔法バカ）として、ローレルは興味全開で聞いてみた。

「えーっと気圧を一部変える、空気を圧縮する、空気中の温度を変えるとかかな？」

千春は、透明な風船が手の上にあるとイメージする。その後、それをぐーっと押さえ、風船がぱんっと割れるところを想像する。そして――

ブワッ！

風が吹き上がる。またもや無詠唱で魔法名省略であった。もうローレルは苦笑いであった。

「うわああ！　風魔法も水魔法も使えたよ！　凄《すご》い！　超すっごい！！！」

「本当に……凄《すご》いですね」

二人の『凄《すご》い』の対象は違っていたが、ハイテンションな千春に、ローレルはツッコミを入れられなかった。

「火と土の魔法は部屋の中ではできませんし、属性もありませんので、試すのはやめておきましょう。とりあえず、この鑑定石で魔力を確認しましょうか」

ローレルは先日鑑定したときの石を千春の前に置く。千春も前回と同じように両手で触り、魔力を流す。前回と違い魔力を通すイメージがわかってきたのか、すんなりとステータスが出た。

**チハル　17歳**
**ＨＰ38／38　ＭＰ31／45　攻撃力4　防御力3　素早さ15　器用さ86**
**スキル：料理7　家事4**

「ＭＰがだいぶ減ってるねー」

千春は消費したＭＰを見ていたが、ローレルは最大ＭＰの方を気にしていた。

「最大魔力が45になってますね。前回は確か43だったと思いますから、増えてますね。このまま魔法の練習を続けていけば、魔術師レベルまでは問題なく行けそうですねー」

「マジで!?　うっはー！　魔法少女爆誕やん！」

「あははは……あとは聖魔法ですね。こちらは特殊な属性で、本来は修行することで初めて覚えられるものです。稀《まれ》に生まれた頃から持ってる方もいますが、本当に稀《まれ》です」

ローレルは『魔法少女爆誕』を千春の世界の慣用句なんだろうなあとスルーした。

「聖魔法っていうと、あれでしょ？　回復とか浄化とか蘇生とか！」

「はい。蘇生はできませんが、回復や浄化、祝福などの支援魔法と言われる部類に入りますね。私は持っていない属性なので、説明が難しいのですが……教会の方が知ったら、『ぜひともチハルさんを！』とお誘いが来そうなんですよね」

ローレルは眉間《みけん》に皺《しわ》を寄せる。

「基本的には他の属性と同じように、イメージが必要になります。しかし、聖のイメージというのが私にはまったくできません。チハルさんはできますか？」

千春ならできるかもしれないと、ローレルは期待していた。

「んー、ゲームの回復魔法かなあ。傷を修復、細胞の結合？　あ、ローレルさん、なんか針っぽいのある？」

「あ、えっと針ですか？」

コンコンコンと、扉がノックされ、ローレルが「どうぞ」と返事をすると、ワゴンを押したサフィーナが入ってきた。

「お茶をお持ちしました」

サフィーナは千春と目が合うと、微笑《ほほえ》んだ。

「あ！　サフィー！　針持ってない？」

「え？　あ、ありますよ」

サフィーナのエプロンの裏側にあるポケットから、ソーイングセットが出てきた。

「こちらでよろしいですか？」

「ありがと！」

千春は針を一本引き抜き、残りをサフィーナに返した。そして、右手に針を持ち、左手人差し指をじーっと見る。そして――プスッ。

「「あっ！」」

ローレルとサフィーナは驚き、声を上げる。

一方、千春はじわりと血が滲《にじ》む指先をじーっと見つめながら「ヒール」と唱える。すると、指先が〝ポッ〟と光った。

「チハル！」

サフィーナはナプキンをさっと取り出し、千春の左手を取り、指を押さえる。

「サフィー、大丈夫だよ。もう痛くないから」

千春は指をナプキンから引き抜いた。針の刺した痕《あと》はなくなっていた。そして、鑑定石を触る。

**チハル　17歳**
**HP38／38　MP29／45　攻撃力4　防御力3　素早さ15　器用さ86**
**スキル：料理7　家事4**
**属性：聖／水／風**

「ヒール一回でMP2か。どんくらいの傷が治るのかなー」

「チハルさん、回復魔法も成功ですか！　他と違って魔法名を省略しませんでしたけど、なぜですか？」

「えっと、イメージをじわっと浮かべるよりも、魔法名でパッと発動させる方がやりやすかったから？　なんとなく、ゲームの回復魔法のイメージがそんな感じだったから」

ははと笑いながら答えた。ホッとしたサフィーナは、困り顔でお茶の準備を始めながら、千春に告げた。

「もうチハルには針は貸しません！」

「ごめんてー」

千春は苦笑いで謝り倒した。

## 第7話　異世界と言えばこれっしょ！

「……」

サフィーナは黙々と紅茶の準備をしていた。

「ねえ、今サフィーがやってる魔法が、無属性魔法なの？」

魔法でお湯を沸《わ》かしているサフィーナを見ながら、千春はローレルに問いかける。

「ええ、お湯を沸《わ》かす魔法はそれほど難しくないのですが、温度を決めて沸《わ》かすにはかなりの魔力操作が必要になりますね」

「へえぇ……だってさ！　サフィー！」

「……」

「まだ怒っとる？」

「いきなり指に針を刺すからですよ」

侍女がこういう態度を取るのはよくないのだろうが、千春の心配をしているからこそというのが千春とローレルもわかるため、苦笑いしかできないのであった。

「ところで、チハルさんの世界で出てくる魔法は他にもあるんですか？」

「他？　えーっと、さっき言っていた九属性以外？　アニメとかだと、空間魔法とか時空魔法とか？こっちにはないんだよね？　属性的にも」

「ええ、私が知っている限りではないですが、そちらの世界に繋げた門は空間魔法ということになるんでしょうか……でしたら、存在していると言えるかもしれませんね。ただ記録に残っていないだけかもしれません。空間魔法とは、どんな魔法があるんですか？」

初めて聞く属性かもしれないと、ローレルは興味津々だった。

「えっと、一度行ったところへ行けるゲートとかワープとかかな？」

「そういう魔法は聞いたことがないですね。しかし、あの門を開く魔法を調べれば、ゲートの魔法は可能かもしれません。移動手段に革命が起きますね！」

「あとは、異空間にアイテムを保管できるアイテムボックスとか……こう……空間をイメージして穴を開けて……ん？　……こう……んーーーーー」

千春は手を伸ばし、箱の蓋に穴を開けるイメージで魔力を込める。なんとなくイメージが明確になっていく。そのまま『開け』と念じると――

ぽぅっ。

「うわっ！　なんか開いた！」

「おおおお！！！！」

千春の手の上に、野球ボールが入りそうなくらいの大きさの穴が現れた。

「うわあ！　できたよ、アイテムボックスっぽいのが！　中はどうなってんの、これ」

千春は穴を覗《のぞ》いてみるが中は見えず、黒い膜《まく》で塞《ふさ》がれているようだった。

「サフィー、何かいらないものちょうだい！」

「これはどうですか？」

サフィーナは、先ほど千春の指を拭《ぬぐ》った血のついたナプキンを渡した。

「ありがと、それじゃ」

千春は穴にそれを入れてみる。すると、そのまま消えてしまった。

「下に落ちずに中に入ったね。あ、穴が消えちゃった、あ！　ちょっと待ってね」

鑑定石を触ってステータスを見てみると、ＭＰが5減っていた。

「空間魔法でいいんですかね、これは、無属性の一つなんでしょうか？」

ローレルが首を傾《かし》げる。

「聖、水、風って感じでもないし、新しい属性でもないから、無属性魔法なんじゃないの？　今までは空間魔法があるってイメージできなかったから、使える人がいなかっただけ？　みたいな」

「それはあり得ますね。まだイメージが曖昧《あいまい》なので、私も練習してみましょう。もしかしたら使えるかもしれませんし、研究できるかもしれません」

「私も練習してみようかしら？」

ローレルもサフィーナも練習してみるようだ。

「で、今入れたものは出せるのかな？　出ろって思えば出るのかな？」

千春は、今度は手の平を下に向け、『入れたものが落ちてこい！』と想像する。

「んー……開け！」

ぽぅっ、と穴が現れた。

「よっしゃ！　出てこい！」

ぱさっ。

「出たー！！！」

「「出ましたね！」」

二人も喜んでくれた。ちゃんと出し入れできることがわかったため、二人も笑顔だ。

「で！　鑑定石！　……MP5消費！　開けるだけで5なのか、出し入れしたから5なのか、ナプキンを入れる前にも見とけばよかったなー」

「そうですね。もう少し試したいところですが、魔力の残量が気になりますし、研究するのに急ぐ必要はないでしょう。回復してから何度か試してみてもいいと思いますよ」

「そだねー。ローレルさんが使えたらもっと出し入れできるしね！」

「……使えたらですけどね、ハハハ」

ローレルは空笑《からわら》いをする。まだイメージが湧《わ》かないようだ。

「えっと、あとは時空魔法とか言ってましたが、それは？」

「そのままの意味。時間を止める？　タイムトラベル？　これはぜんっぜんイメージ湧《わ》かないから無理だと思う」

「あー、残念な気もしますが、名前的にもし使えたら危なそうな感じがしますねえ」

「うん。未来が変わるだの、何度もやり直すだの、物語でもあまりいいイメージはないかなー。これはなかったことにしよう！」

ということで、千春は考えないことにした。

「あとは、異世界のお約束で、『ステータス！』って言うと自分のステータスが見える魔法があったけど、これはその鑑定石でできるもんね」

「いえ、無属性魔法でも鑑定はありますよ？　無属性魔法が得意な人は結構使えます。私も使えますね。ただ鑑定石と違い、見え方が人それぞれ違います。私が鑑定する場合は、鑑定石で見たものの他に、魔法力と魔法防御力が見えますね」

「ほほー！　それじゃ私を鑑定してみて！」

「いいですよ、それでは――」

ローレルは千春に手をかざし、目を瞑《つむ》る。そして「鑑定」と言った。

「はい、先ほどの鑑定石と同じ数値に加え、魔法力5、魔法防御2と出ていますね」

「それって高いの？　低いの？」

「……めちゃくちゃ低いです」

「はあ？　ま……まじすか」

「はい。ちなみに私は魔法力２３５、魔法防御１３０です」

「ずるい！！！！」

「いや、ずるくないですよ！」

「んじゃ、サフィーも鑑定してよ！」

「いいですけど、相手の了承を貰《もら》わないで鑑定するのは失礼ですからね？」

「サフィー、鑑定していい!?」

「ええ、かまいませんよ」

サフィーナは二人のやり取りを楽しそうに見ていたが、すんなり頷《うなず》いてくれた。

「では、サフィーナさん失礼しますね――鑑定」

「……どう？」

「はい。魔法力89、魔法防御52。魔導師団の魔術師より高いです……魔法の修練をすると上がるんですが、まさか魔術師より高いとは。まだお若いので、修練を続ければ魔導師になれるんじゃないですか？」

「えええ……高いのかあ……私めっちゃ低いのかー……」

「でも、今まで魔法を使ったことがないのであれば、低いのは当たり前じゃないですか？　修練すれば上がりますよ」

落ち込んでいる千春を、ローレルは慰めようとする。

「よし！　頑張《がんば》ってサフィーに追いつく！」

「……それは厳しいかと思いますけどね、ハハハ」

ローレルはさらっと落とした。

「いいの！　目標はサフィー！　で、私も鑑定使ってみる！」

「あ、でしたら、ものを鑑定してみてください。多分、私やサフィーナさんにかけたら弾かれますから」

「弾くなし……」

「しょうがないですよ。魔法力5の人が魔法防御52のサフィーナさんにかけても……ねえ」

「チッ……んじゃ、このティースプーンで……あ、イメージはどんな感じに？」

「そうですね……鑑定石で出てきた文字がありましたよね、それをイメージしてください。見たいと思う情報が出てくるはずです」

千春はティースプーンを左手に持ち、右の手の平をそこにかざした。

「んじゃ……鑑定」

**ティースプーン**
**状態：汚れている**
**素材：鉄、ニッケル、クロム、他合金**
**その他：食用不可**

「見えたよ！　ティースプーン、汚れてて、素材とあと……食用不可だってさ。そんなのわかるよ」

「そういう見え方なんですね。ちなみに、私がそのティースプーンを鑑定すると、『ティースプーン、鉄』としか出ませんよ」

「へえ。ダメ元でサフィーを鑑定していい？」

「いいですよ」

サフィーナは苦笑いしながら、どうぞという感じで手を差し出した。

「それじゃサフィーの手に──鑑定──うん、無理、なんかＭＰがパンッて戻ってくる感じだった」

「はい、弾かれましたね」

「サフィーは鑑定できるの？」

「……できますけど、わかるのが名前と産地だけなんです。使い道がないんですよね」

「そうなんだ。そう考えると、鑑定石って凄《すご》いものなんだねー」

「これは私が作った魔道具なので、私の鑑定とほぼ同じ情報が出ます。もし仮にサフィーナさんが鑑定石を作ると、名前と産地が表示されるでしょう。その鑑定石でチハルさんを鑑定すると……チハル・異世界になるんじゃないですかね？」

ローレルの言葉に、千春は納得し、サフィーナは苦笑いした。

ぐぅ〜〜〜と、千春のお腹が鳴った。

ゴーーーーンと同じタイミングで、昼一鐘《いちかね》（午後三時）が鳴った。

「なんかお腹減った……」

「魔力を使うと結構お腹すきますすよ」

「ハツミミナンデスケドー」

「初めて言いましたからね」

「何？　魔法ってカロリー消費すんの？」

「カロリーかどうかわかりませんが、お腹がすきますねえ」

「サフィーも魔法使ったらお腹減る？」

「はい、魔法の修練とかすると凄《すご》く……」

サフィーナは少し恥ずかしそうに答える。

「三時のオヤツにしよう！　あ！　そうだ、私の家にお菓子があるから、続きはあっちの部屋でやんない？」

「いいんですか？」

ローレルが食いついた。

「よきよき！　異世界のお菓子を味わうがよい！　サフィーも一緒に食べよ！」

「では、お茶を淹《い》れ直してお持ちしますね」

「了解！　んじゃ、ローレルさん先行っててよー！」

こうして、三人はオヤツタイムのために扉の部屋へ移動することになった。

## 第8話　フルーツサンド！

「それじゃローレルさん、座って待ってて！」

そう言って、千春は自分の部屋に戻った。ローレルは椅子《いす》に腰かけ、扉を見ていた。

「厨房が丸見えですね」

苦笑いしながら、千春が扉の向こうの台所で動き回っているのを眺《なが》めている。

「さーて、ちょっとお腹に溜《た》まるのがいいよねー。あ！　サフィーがパン喜んでたし、サンドイッチにするかな。えーっと、確か冷蔵庫にホイップ残ってたからー、フルーツサンドにしよう」

千春は棚からフルーツ缶を出し、パカッと蓋を開ける。中のシロップを容器に入れ、フルーツはキッチンペーパーの上に置いて水分を取る。

「あとはー、バナナと、あー！　苺《いちご》買っておけばよかったー！　でもまだ高いんだよなあ……」

そう言いながら、バナナを籠《かご》から出し、冷蔵庫を開ける。

「お、キウイもあったね、これも入れよ。あとはホイップ～♪」

手際《てぎわ》よくキウイの皮を剥《む》いてからちょっと厚めにスライスし、バナナも同じ厚さにスライスする。

そして食パンを厚さ一センチほどにスライスし、耳を切り落とす。

「うーし！　準備おっけ～」

ラップの上に置いたパンにホイップを塗りたくり、フルーツを均等に並べ、上からさらにホイップを塗りたくってサンド。そのままラップに包んで、とりあえず冷凍庫にぽいっと入れる。

「何個くらい作ったらいいかな……ホイップ全部使っちゃうかな」

結局、このあと同じ作業を四回やり、五セットのフルーツサンドを冷凍庫に入れた。

「お菓子は～……ポテチと板チョコか。板チョコをそのまま出すのもなあ……」

無造作にチョコを取り出し、バキバキに割ってから器に入れ電子レンジでチン。その後、ボウルに移して砂糖を大さじ一杯入れ、薄力粉を取り出す。

「いーち、にー、さーん……三人か、もうちょい作るか……よーん、ごー」

薄力粉を大さじでボウルに入れる。そしてバターを一かけら入れる。

「ざっくりざっくりまぜましてーっと、あれ？　クッキングシートどこだっけ？　あ、あったあった」

平皿にクッキングシートを敷き、作った生地《きじ》を適当なサイズに丸めて潰《つぶ》してから並べ、電子レンジで三分。簡単クッキーである。

「んーどれに盛りつけようかなー。大皿ないんだよなー」

千春はキョロキョロしながら食器棚の上の段を見る。

「あ！　テーマパークで買ったトレイあんじゃん、これでいいや！」

そのトレイにちょっとおしゃれなパーチメントペーパーを敷く。それから冷凍庫に入れたフルーツサンドを取り出して四分割し、それも綺麗《きれい》に並べていく。

「うっし！　できたー！」

千春が台所で色々とやってるとき、扉の向こうでは――

「お茶をお持ちしました」

サフィーナが入ってきた。しかもその後ろから、エンハルトと侍女のモリアン、そして執事長のセバスもやってくる。

「あれ？　どうしました？」

ローレルは入ってきたエンハルトに声をかけた。

「いや、あのあと父上と話をしてな、正式にサフィーナとモリアンをチハルの付き人にすることにした。それと、セバスにも挨拶《あいさつ》させようと思ってな。それで、お前のところに行ったらこっちだと聞いて、みなを連れてきた。なぜここに来たのだ？」

「ああ、小腹が空《す》いたということで、こちらでアフタヌーンティーでも、とチハルさんが」

「それで？　チハルはあっちか……ん？　何しているのだ？」

「軽くつまめるものを作ってくれるそうです」

ほう、とエンハルトが呟《つぶや》くと、千春がプレートを持って近づいてきた。そして扉を抜けて一言。

「あ、王子様だ。来てたの？　はい、これ、そこ置いといて」

エンハルトにプレートを渡すと、千春はまた扉の向こうへ行った。すると、エンハルト以外の者は口を開けたまま固まった。王族を使うという、ありえない行動をした千春を見つめて。

「はっはっは、ここでいいのか？」

エンハルトがテーブルに向き直ると、すぐに侍女二人がプレートを受け取り、テーブルに置く。

モリアンは扉の前に立ち、新たなものを持ってくる千春を見つめていた。

「はーい、次はこれね。あ、モリアンも来てたんだ。一緒に食べよう！　はい！　置いといてー」

「はい、ありがとうございます」

モリアンは少々笑顔が引きつっていたが、渡されたものを受け取りテーブルに置く。そうしている間に、セバスが人数分の椅子《いす》とテーブルを隣の部屋から持ち出し、近くにいた兵士も使いセッティングしていた。

「おーっと、人が増えてるね。あ、サフィー、これを紅茶にちょっと入れてみて」

千春はフルーツ缶詰のシロップを入れたミルクピッチャーをサフィーナに渡す。そして自分も部屋に戻ってきた。

「んじゃ、みなさんどうぞー！　簡単なものしかないけど美味《おい》しいよー！」

ローレル、エンハルトは椅子《いす》に座り、侍女二人とセバスは立ったままだった。さすがに第一王子がいる手前、一緒に座っての食事は遠慮したようだ。

「ほう、これはパンか？」

エンハルトはフルーツサンドを一つ手に取り食べる。

「！！！」

「あ、甘いのは大丈夫だった？」

千春が尋《たず》ねる。

「ああ、大丈夫だ。これは美味《うま》いな！」

「でっしょー、で、何しに来たの？」

「………三人の紹介と挨拶《あいさつ》にな」

エンハルトは紅茶を飲み、セバスを促《うなが》した。

「初めまして、執事長を務めるセバスと申します。この度陛下より改めてサフィーナ、モリアンをチハル様の付き人とせよという命《めい》が下《くだ》り、ご挨拶《あいさつ》に参りました。よろしくお願いいたします」

サフィーナは「えっ？」という顔をしたが、すぐに神妙に頭を下げた。モリアンは先に聞かされていたようで、微笑《ほほえ》みながらお辞儀《じぎ》をした。

「よ、よろしくお願いします？　付き人って何？」

千春は急な展開に少しとまどっていた。

「付き人は付き人だ。チハル専属の侍女ってことだな。何か要望があれば二人に言えばいい」

エンハルトが答える。

「へー、なんか偉い人になったみたいだね」

「チハルの今の立場は、遠い国の姫くらいの立場だからな。あまり突拍子《とっぴょうし》もないことはしないように気をつけてくれよ」

「は？　聞いてないんだけど？」

「まだ言ってなかったからな」

「……まあいいや、とりあえずお腹すいたし食べよ？」

真面目《まじめ》に考えるとめんどうそうだったので、千春は流すことにした。

「セバスさんも一緒に食べませんか？」

「いえ、私どもは大丈夫でございます」

セバスはお辞儀《じぎ》をした。千春がちらっと侍女二人を見ると、二人も同じく顔を伏せている。

「んーーーー……セバスさんもサフィーもモリアンも食べなさい！」

「!?」

困ったセバスは、エンハルトを見る。エンハルトは頷《うなず》いた。

「そういうことだ。みな座って食べよう。異世界のものを食するなど、そうできるものではないぞ」

「はい、わかりました。それでは、二人もご相伴《しょうばん》にあずかりましょう」

「「はい」」

そして三人も……いやサフィーナは紅茶を淹《い》れていたので、他の二人がとりあえず座った。

「んーー!?」

モリアンはフルーツサンドを一口食べ、ビックリした顔で咀嚼《そしゃく》する。セバスは無表情で食べている。

「モリアン、これが異世界のパンですよ。柔《やわ》らかくて美味《おい》しいでしょう。チハル様、紅茶に先ほどいただいたものを入れておきました、どうぞ」

サフィーナはモリアンに微笑《ほほえ》み、そして千春に紅茶を出す。

「サフィー、これは朝食べたのと味が違うから、食べてみて。あと様はつけなくていいから」

「いただきます。あと……様は……」

「サフィーナ、チハルがそう言ってるんだ、そう呼んでやればいい」

「はい、ありがとうございます。よろしくお願いしますね、チハル」

サフィーナは第一王子の前ということもあり遠慮していた。もちろん二人のときは名前で呼ぶつもりではあったが、エンハルトの許可が出たため、気兼《きが》ねなく千春の名前を呼んだ。

「このお菓子、まだ熱いですけど、今作られたんですか？」

「うん、超簡単チョコクッキー！　美味《おい》しいでしょ？」

「はい。さっくりとしてとても甘くて美味《おい》しいです。この焦《こ》げてるようなところも不思議な甘さでとても……」

「それはチョコレートだよ。こっちにはないのかな？　あと、ポテチあるからこれも食べてね」

千春はポテチの袋を裏の繋ぎ目から開けた。いわゆるパーティー開けである。

「さあ！　どうぞ！　異世界のお菓子を存分にお食べ！　あ、足んなかったらまだあるよ！」

アフタヌーンティーはまだまだこれからだ。

## 第9話　ピザ！（冷凍）

チーン！

「あっ」

自宅の方から音が鳴り、千春は台所へ行った。

「このフルーツサンドとやら、パンが物凄《ものすご》く柔《やわ》らかいんだが、これはこっちの世界でも作れるのか？」

エンハルトは執事長のセバスに問いかけた。

「このようなパンは見たことも聞いたこともありません、もちろん作れるかどうかさえ想像もつきません」

「そうか、チハルはこのパンを自分で作ったのだろうか？」

このエンハルトの問いかけに、サフィーナが答える。

「いえ、パン屋さんで買ったとおっしゃっておりました。そして全く同じではないですが、柔《やわ》らかいパンは自分でも作れるともおっしゃいました。作り方を教えてほしいと申しましたら『いいよ』と受けてもらえました。そう難しくはないようでしたが、時間はそれなりにかかるかと」

「そうか！　ぜひとも王宮の厨房の料理長も一緒に教えてもらえないか聞いてくれないだろうか。いや、戻ってきたら俺が直接お願いしてみよう」

エンハルトは扉の先にいる千春を見つめる。その千春は家の台所に戻り、セットしておいた冷凍ピザをオーブンから出すと、八ピースに切り分け丸皿に載せた。

「あ、サンドイッチはいいけど、これの手づかみはまずいかな？　一応フォークを持ってくか。箸《はし》は使えなそうだし」

そしてカトラリーケースに数本フォーク、ナイフ、一応お箸《はし》も入れ、ピザと一緒に持っていく。

「おまたせ～ピザだよ～、熱いから気をつけてね」

千春は椅子《いす》に座ると、いち早くピザを手づかみで食べる。他の者は、千春とピザを交互に見ていた。

「手づかみで食べるのか？」

「フォークとナイフもここにあるようですけど、どうします？」

エンハルトとローレルは食べ方を気にしている。セバスと侍女二人は、まずは第一王子と師団長が食べてからと、様子を見ていた。

「よし」

エンハルトはそのまま手づかみし、千春を真似《まね》て先の方にかぶりついた。

「……美味《うま》い！」

一口食べて思わず声を出してしまった。それに続き、ローレルも手づかみでピザを取る。そして一口食べ――

「これは確かに美味《おい》しいですね！　チーズですか。あとは燻製肉《くんせいにく》と……赤いソースはなんでしょうか」

「なんでしょうか、初めて食べる味ですね。少し酸味がありますが、まろやかです」

ローレルとセバスは味わいながら赤いソースの正体を考える。

「それはピザソースだよ。ベースはケチャップだね」

ピザを一ピース食べ終わった千春は、二人にそう答える。

「チハル、それは私たちでも作れるのかしら？」

サフィーナが尋《たず》ねる。

「うん、作れると思うよ。こっちにトマトってある？」

「ありますよ。赤い実の野菜ですよね。この赤いのはトマトだったんですね」

「そそ、ベースがトマトで、味つけにガーリックとかタマネギ、あとは調味料を少し入れるね。分量は忘れたから、作るなら調べとくよ」

サフィーナは作れるとわかり、にっこりと微笑《ほほえ》んだ。

「そうだ、チハル。さっきのパンだが、これをこの世界で作ることはできるか？　もしできるならうちの料理長に教えてほしいのだが」

「うん、パンはよく作ってるから作り方はわかるけど……あー、種《たね》はどうしようかなー。毎回持ってくるわけにはいかないからなー。サフィー、こっちにリンゴとかブドウってある？」

「ありますよ。ブドウは季節的に今はないですけど、リンゴなら今、南のリモーア領で取れるので出回ってるはずですよ」

「おっけー。んじゃ、とりあえずリンゴで種を作って……その前に、教えるならイースト持ってくるかな」

「種ってなんだ？　リンゴの種がいるのか？」

エンハルトが疑問を口にした。

「あははは！　違うよ、種ってパン酵母《こうぼ》のこと。その酵母《こうぼ》でパンが膨《ふく》らんで柔《やわ》らかくなるんだよ」

「酵母《こうぼ》とは？」

ローレルは初めて聞く言葉が気になった。

「簡単に言うと菌《きん》だね。食べものを置いてたら腐《くさ》るでしょ？　あれはカビの菌《きん》が腐《くさ》らせてるのね、パンの菌《きん》は腐《くさ》るんじゃなくて発酵《はっこう》させるの。あのパンを作るには、その発酵《はっこう》が必要なのよ」

「ビョウゲンキンも菌《きん》ですよね？」

「あ〜それはちょ〜っと違うものなんだよねー。まあ似て非なるものくらいで覚えといて」

千春はめんどくさくなって、ローレルの質問に適当に答える。

「で！　その酵母《こうぼ》なんだけど、リンゴを使って作れるの。私があっちから持ってきてもいいんだけど、こっちで柔《やわ》らかいパンを作るなら、こっちでそれも作れないと意味ないじゃん？　だから、そこから教えるって話。あとブドウからも作れるよ。これを天然酵母《こうぼ》って言います！　で！　その天然酵母《こうぼ》なんだけど、作りはじめてでき上がるのに一週間くらいかかんの。だから、その前にパンを作るなら、あっちでイースト菌《きん》を買ってこようかなーと、ね？」

「すぐ手に入るのか？　そのイーストキンというのは」

エンハルトは今すぐにでも作ってもらいたいという勢いで言う。

「なんなら今から買いに行けるくらいすぐ買えるけど？」

「今からの予定はどうなっている？」

「先ほど覚えた魔法の復習ですかね、新しい魔法も覚えたので」

ローレルが代わりに答えた。

「……そうか、明日は？」

ピリリリッピリリリリッ。千春のスマホの着信が鳴る。

「なんだ⁉」

エンハルトは聞きなれない音を警戒した。

「電話だよ。ちょっと待ってね……もしもしー？　……なにー？　ヨリ……うん……え？　マジで⁉　……うん……そこはヨリに任す！　……ほい！　了解！　頼んだ！」

「今のはなんだ？」

改めてエンハルトが聞き直す。

「電話だよ。このスマホで電話してたの……え？　ここ電波届くんだ。まあ部屋そこだしね」

「いや、デンワってなんだ？」

「遠くの人と話ができる道具。詳しくは説明できないよ」

「魔法で遠話《えんわ》する道具と思えば合ってますか？」

「そ！　そそ！　ローレルさん正解！　……で、なんだっけ？　なんの話してたっけ？」

「明日の予定をだな……聞いていたんだが」

エンハルトはちょっと疲れた様子だ。

「明日はチハルさんに向こうで色々調べてもらい、国王陛下と宰相《さいしょう》に報告する予定です。チハルさんは調べものがありますから、明日は忙しいと思いますよ」

答えたのはローレルだった。

「そうか、では日を改めるしかないな。都合のいい日はいつだろうか？」

明日はしょうがないと話す二人に対し、千春はあっけらかんと言う。

「あー調べものは今やるよ、なんか書くものある？　ないなら取ってくるけど」

「今ですか⁉　すぐ部屋に行って取ってきます！」

「いいよ、部屋まで行くなら私の方が早いから取ってくるね」

ローレルの申し出を断り、千春は扉を抜け、数秒で戻ってくる。

「はい、メモ帳とボールペン。それあげるよ。ペンはその中のインクがなくなるまで使える文明の利器だよ！　羽根ペンとかいらないよ！」

千春はローレルの机にインク壺と羽根ペンがあるのを見ていたので、ボールペンを見せてビックリさせたかったのである。

「この紙……なんですか、このツヤ、そしてこの枚数！　こんな高価なものをいいんですか⁉」

「お……おう、大事に使ってくれい……」

メモ帳は三冊入って百円、ボールペンは五本入って百円の超安物であったが、千春はローレルのあまりの驚きぶりに本当のことは言えなかった。

「さて、まずは塩田？　連作障害？」

「では連作障害からお願いします！」

そして、スマホで検索してまたも驚かせる。他の人は何を言っているかほぼわからず、大人しく紅茶を飲みながらポテチを食べるのであった。

「「「「パリパリッ」」」」

## 第10話　プレーンオムレツ！

「……そう、そうやって濃い塩水を作る仕組みね。ＯＫかな？」

「はい。あとはこれを纏《まと》めて報告しておきます。わからない部分があったら、またお聞きするということでよろしいですか？」

「うん、そのときはそこを詳しく調べて詰めていったらいいんじゃないかな？」

「わかりました、ありがとうございます」

ローレルは深々と頭を下げてお礼を言う。

「えーっと……みんなどうしたの？」

千春とローレルを、他の四人がじっと見つめていた。

「いや、凄《すご》いことを説明しているんだなというのはわかったが、内容がさっぱりだった」

エンハルトは不思議そうにしている。

「そりゃー、これを聞いて一発で理解できたら、逆にビックリでしょ。説明してる私もよく理解してないからね？」

「専門家じゃなければ、すぐに理解は難しいでしょうね。ハース領の者が聞けばかなり理解できるのではと思いますが。一度、実際に作業している者も連れてきてもらいましょう。そのときわからなければまた聞かせてもらいますね」

「うい～、んじゃオヤツも食べたし……ローレルさんは今からそれを纏《まと》めるの？」

「はい。まだ頭に入っているうちに纏《まと》めた方がいいと思いますので、そうします」

「んじゃ、魔法のお勉強はまた明日かな」

「チハル！　それでは今からパンの仕込みを教えてくれないか？　王宮の厨房に行きたいんだが」

「パンねーちょっとレシピ詳しく調べてメモっとくね」

エンハルトに言われた千春は、スマホで検索し、カシャカシャとスクリーンショットを取る。すると、セバスが口を開いた。

「では、私は先に厨房へ行って連絡してきます。チハル様、何か用意しておいた方がいいものはありますか？」

「あーそだ、こんくらいの瓶《びん》を何本かと、リンゴを一つの瓶《びん》に一個ずつ、あとお湯を沸《わ》かして準備しといてもらっていいかな？」

「わかりました、それでは失礼いたします」

セバスは部屋を出ていった。

「王宮の晩ごはんって何時頃なの？」

「そうだな、七時半～八時くらいだな」

「えーっと七時半……うん、ドライイーストを使えば焼きたてを食べられるね。ちょっと取ってくるよ」

千春はまたもや扉を通り、自宅の台所の引き出しから小さな箱を持ち出した。

「おっけー！　んじゃ厨房にれっつごー！」

そして、ローレルを置いてエンハルト、サフィーナと一緒に、王宮の厨房へ向かった。

侍女のモリアンはアフタヌーンティーの片づけをするらしくお留守番だった。


王宮に入り、三人はいくらか広い廊下を通って厨房に向かう。前に通ったときよりも兵士が多い。兵士の食堂もあるようだ。厨房に着くと、セバスがすでに指示をしていた。

「殿下、お話を聞かせていただきました。新しいパンを作るようにとのこと、パン担当の二人と私が話を聞かせていただきたいと思っております」

話をしてきたのは、王宮料理長のルノアーである。パン担当の二人も一緒にお辞儀《じぎ》をしている。

「ああ、よろしく頼む、このお嬢さんが詳しく教えてくれる」

「千春です、よろしくお願いします。では夕食に間に合うように、パン作りと酵母《こうぼ》作りを同時進行で行きます。パン担当の方はパンの作り方、ルノアーさんは酵母《こうぼ》の作り方を覚えてください」

「「はい、わかりました」」

三人は恐縮したように返事をした。それはそうだよね、第一王子がいるんだからねえと、千春は苦笑いした。

「では、酵母《こうぼ》の方ですが、今ある瓶《びん》……いっぱいありますね。とりあえず失敗したら作れないので、多めに五個作りましょう。瓶《びん》を五個煮沸《しゃふつ》消毒してください」

「煮沸《しゃふつ》消毒とは？」

ルノアーが聞いてきた。

「沸《わ》いたお湯にその瓶《びん》の内側だけでもいいので入れて、悪い菌《きん》を殺します。それを煮沸《しゃふつ》消毒と言います。これをしないといい菌《きん》が増える前に腐《くさ》っちゃうので、大事な作業です」

「わかりました」

ルノアーはすぐにお湯を沸《わ》かしていた数人に指示した。

「あ、ここの水って井戸水かな……それも煮沸《しゃふつ》しておいた方がいいのかな……冷やすの時間かかるなー」

「チハル？　あの瓶《びん》くらいなら私が魔法で出しましょうか？」

千春がぶつぶつ呟《つぶや》いていると、サフィーナが申し出てくれた。

「わー！　助かる！　今から沸騰《ふっとう》させて冷やしてたら時間かかるからどうしようかと思っちゃったよ！　お願い！」

「はいわかりました」

サフィーナは微笑《ほほえ》むと、瓶《びん》の方へ向かった。

「あとは、リンゴをよく洗って、縦に皮ごと八等分に切っちゃってください。一瓶《ひとびん》に……あ、リンゴちっちゃいですね、一瓶《ひとびん》に二個分ずつ入れてもらっていいですか？」

ルノアーさんがすぐに返事をし、指示を始めた。一方、千春はパン担当の二人に呼びかける。

「今日の王様の夕食パンを作ります！　パンチーム頑張《がんば》るぞー！」

「「はい！」」

パン担当の二人は物凄《ものすご》く緊張しているが、千春は構わず、今度はエンハルトに言う。

「はい！　では……王子様ー夕食って何人で食べるの？」

「五人だ。父上と母上、俺と弟が二人だ」

「はーい、じゃあ十個くらいの計算で、試食用も兼《か》ねてその倍！　二十個分の材料を揃えますねー。まず強力粉を一キログラム持ってきてくださーい。ルノアーさーん！　ちょっとお風呂くらいの温度でお湯五百ＣＣ貰《もら》えますかー？　あと、塩を大さじ一杯くらいと砂糖が五十グラムもあれば大丈夫かな」

ささっと計算をし、材料を揃えてもらう。そして大きめのボウルを出してもらい、パンチームに指示をする。

「はい！　では、このボウルに材料を全部入れてください。そこにお湯を入れていくので、このへラでまぜてくださいねー。塊《かたまり》になったら取り出して、艶《つや》が出るまでこねまくってください」

そう言うと、ドライイーストを大さじ一杯そこに入れ、こねさせる。

「チハルー、水はどれくらい入れるのー？」

サフィーナが水の量を聞いてきた。

「はーいはいはい！　すぐ行くー……うん、瓶《びん》の口の部分から少し下くらいまで入れちゃってー。いい具合に詰め込めたね。それじゃ、蓋を閉めて終わり～。ルノアーさん、冷蔵庫ってあります？」

「これで終わりなのか？　ああ、冷蔵庫はそこの部屋がそうだ」

ルノアーは壁際《かべぎわ》の別の部屋を指さした。

「その瓶《びん》をその部屋に入れて二、三日放置しといてください。瓶《びん》の中身から泡が出てきたら冷蔵庫から出して、一度蓋を開けて空気を入れ替えます。そして瓶《びん》を数回振る。この作業を一日二回、二日くらいやってでき上がりです。ルノアーさんＯＫですか？」

「ああ、工程は簡単だから大丈夫だ」

「では、パン作りの方に行きましょう。今はまだこねただけなので、一緒に見ててくださいね」

二人はパンをこねているところへ向かう。

「ルノアーさん、オーブンってありますか？」

「ああ、そこの箱のやつがそうだ。火の魔石で温度を設定できる」

「んじゃ、四十度くらいで三十分設定できますか？」

「そんなに低い温度なのか？」

「はい、一次発酵《はっこう》です。その間は他の作業してても大丈夫ですよ。では、そのこねたものをここに。そんで、この水で絞《しぼ》った布をかけてオーブンに入れまーす」

千春はエンハルトとテーブルに行き、三十分休憩《きゅうけい》する。厨房ではみんなが夕食の準備をしていた。兵士たちの夕食も準備しているため、結構な作業量のようだ。

「そろそろいっかな？」

時間が来て、千春がオーブンを開けると、膨《ふく》らんだパン生地《きじ》があった。

「よーしいい感じ。それじゃ、これを一度ガス抜きしまーす」

「こんなに大きくなるのか」

ルノアーが感心している。

「中で酵母《こうぼ》がガスを出してるから、一度潰《つぶ》して抜きます。キメ細かいパンを作るなら絶対にやってくださいね。そして、これをこんくらいの小さいサイズに分割して、ちょっと生地《きじ》を休ませます。十分くらいでいいかな？」

説明していると、ルノアーの隣にいる人がメモを取っていた。

（そりゃ、一回で覚えろ言われても忘れるよねー）

千春は内心で頷《うなず》く。

「よし！　成形なんですけど、初めてなので丸にします。色んな形のものを作るのは基本を覚えてからにしましょうー。では、さっきの四十度のオーブンにもっかい入れて、十分放置！」

「また休ませるのか？」

「そそ、二次発酵《はっこう》させるためです。ちょっと温めてから、外に出してもうちょっと放置して発酵《はっこう》させます。パンを焼くのは、あそこにある石窯《いしがま》です？」

「ああ、そうだ。もう火が入ってるからいつでも焼けるぞ」

「ほい。今言ったように、オーブンから出して発酵《はっこう》を終えたら、焼いちゃってください」

「わかった」

ルノアーはパンチームに指示を出す。

「パンの方はこれでオッケーかな。王様の晩ごはんに間に合いそうでよかったね」

千春はエンハルトに笑いかける。

「あれは、さっき食べたパンと同じものができるのか？」

「違うよ？　でも柔《やわ》らかいパンだから美味《おい》しいよー。晩ごはんはここで作ってるの？」

「ああ、王族用の厨房がその奥にある。もう仕込みは終わって、調理するだけだろう。あと一時間もせずに夕食だ。そうだ、チハルも一緒にどうだ？　パンを食べるところを見たいと思わないか？

ビックリするぞ、みんな」

「初の柔《やわ》らかパンを食べるところかー……見てみたいな！」

「もしよかったら、向こうの料理を一品くらい料理長に教えてもらって、作れたらよかったんだがな」

「んー、それなら一品私が作ろうか？　卵料理でいいなら」

「いいのか？　……ルノアー！　ちょっと来てくれ！」

エンハルトは料理長を呼ぶ。そして――

「はい、大丈夫です。概《おおむ》ね準備は終わってますし一品変更しても大丈夫です。ではこちらにどうぞ」

千春たちは王族用の厨房へ向かう。

「ところで、王子様はまだ一緒にいていいの？」

「ああ、問題ない。食事に誘ったんだ、チハルと一緒に料理を持っていくのも一興《いっきょう》だろう」

笑いながら言う。どうもサプライズな感じで料理を見せたいらしい。異世界の料理を先に食べてビックリしたためか、家族もビックリさせたいようだ。

「あ！　ケチャップ！　サフィー！　ちょっと部屋までケチャップ取りに行くから道案内して！」

「はーい」

ということで、二人は急いでケチャップを取りに扉の部屋まで行った。

「チハル、王族に料理とかよく作れますね。私は腕に自信があったとしても無理ですよ」

ケチャップを取ってきて厨房に戻る途中、サフィーナが言った。

「王様が食べるんだもんねー。緊張するよねー。でも大丈夫だよ。私の一番の得意料理……だから」

ちょっと含みのある物言いに、サフィーナは首を傾《かし》げたが、得意料理と言うからには失敗することはないのだろうと、急いで厨房へ戻った。

「ここ、お借りしますねー」

千春は卵を割り、貴重だと言われていた塩と胡椒《こしょう》、バターを持参し、料理を始めた。そして王族五人と自分の分、合計六人分の料理を作る。

その後、でき上がった料理を持って、エンハルトと一緒に料理人が運ぶ料理の前を歩き、王族が待つ食卓へ向かう。

「国王陛下、こんばんは。異世界の料理を、と王子殿下から承《うけたまわ》りましたので、作らせていただきました」

正しい敬語を使えているか、千春は自分でもよくわかっていない。

「ああ、セバスからも聞いておる。とても美味《うま》い料理だったそうだな。楽しみにしてるぞ！」

ガハハと笑いながら、マッチョな国王陛下、エイダンは言った。緊張をほぐしてくれているように感じて、千春も思わず笑う。そして席につくと、家族の紹介が始まった。

「これが私の妻、マルグリット。次男のライリー、三男のフィンレーだ」

三人は微笑《ほほえ》みながら、貴族っぽい挨拶《あいさつ》をする。

「チハル・フジイです。よろしくお願いします」

千春は自己紹介をして三人を見る。マルグリット——王妃様は、ちょっと釣り目の鋭い感じで三人の母親とは思えない若々しい美貌《びぼう》。しかもナイスバディ！　お……おっぱいが、と思わず同性の千春ですら目が行きそうなプロポーションだった。

千春の感覚では、次男は十四、五に見えた。いや、こちらの世界の人は大人に見えるから、十二とか三かもしれないが、知的な印象を受ける。三男はまだ七、八歳だろうか。可愛《かわい》い、とにかく可《か》愛《わい》い、と千春は思った。

「では、いただこうか」

夕食が始まった。みんなパンに触り、目を見開く。柔《やわ》らかさに驚き、パンを割るとふっくらした生地《きじ》、香りに驚き、食べてまたビックリであった。

「これは！　凄《すご》いな！　これが異世界のパンか！」

「膨《ふく》らませる酵母《こうぼ》は今回向こうからお持ちしましたけど、こちらでも作れます。他の材料も厨房にあるものでしたので、あと五日もすれば、毎日このパンを食べられますよ」

千春の言葉に、マルグリットもライリー、フィンレーもビックリしつつ、喜んでいた。

それから、千春の料理に移る。

「この黄色いのは卵か。そして赤いソースがかかっておるが、これも異世界の料理か？」

プレーンオムレツである。小学校に入る前に病気で亡くなった千春の母の思い出の料理で、大好きな料理であった。

母に幼い頃から作ってもらい、『自分も作る！』と教えてもらいながら作った。母が亡くなっても、何度も作り続けた。母の味を忘れないよう、母を忘れないように……

「んむ！　これは美味《うま》いな……こんな美味《うま》い卵料理は初めてだな。特に、この赤いソースの酸味がたまらんな」

「ええ、本当に」

エイダンとマルグリットには好評のようで、ライリーとフィンレーを見ると、無心で食べていた。美味《おい》しそうで何よりだった。

千春は思い出していた。このプレーンオムレツを人に作ったのは何年振りだろうか。自分ではよく食べていた。それこそ、ホテルのコックよりも上手にできる自信があるくらいに。

それは、母に食べてほしかったから、こんなに上手にできたよと言いたかったからだ。毎年命日には仏壇にプレーンオムレツを供《そな》えている。

母の顔は、仏壇の写真で変わらぬ若い姿を見ているからいい。しかし母の匂《にお》い、そして声がだんだん思い出せなくなっていた。夢にでも出てきてくれたら、といつも思う。だから、思い出したいときはプレーンオムレツを作っていた。

「チハル、とても美味《おい》しかったわ」

『千春、とても美味《おい》しかったわ』

マルグリットが千春にお礼を言った。その瞬間、いくら失敗しても『千春、とても美味《おい》しかったわ』と言ってくれた母の声が聞こえた気がした。いや、思い出した。

久しぶりに聞けた母の声……思い出せた……千春はマルグリットを見つめたまま、涙を流した。

マルグリットがすくっと立ち上がり、ゆっくり千春のそばに行き、そっと抱きしめた。

エイダンやエンハルト、ライリー、フィンレーたちは何があったのか、なぜ泣いてるのか、そしてなぜマルグリットが千春を抱きしめているのかわからなかった。

「おかぁさん……」

千春はまだ頭の中の母の面影《おもかげ》を見ていた。母に呼びかけたが、当然返事はなく——

「あ……」

マルグリットに抱きしめられてることに気づいた。

「うわぁぁぁ！　すみません！　王妃様、汚れますから、すみません！」

千春は自分の涙でマルグリットの服が濡れていることに気づき、必死に謝った。

「何を言ってるのです。そんな綺麗《きれい》な涙で汚れるわけがないでしょう」

マルグリットは微笑《ほほえ》み、また抱きしめる。千春は、最後に人に抱きしめられたのはいつだっけ……と思い出そうとしたが、思い出せなかった。恥ずかしい。でも凄《すご》く暖かい。また千春の目から涙が溢《あふ》れたが、マルグリットは優しく抱きしめ続けてくれた。

## 第11話　氷《こおり》の魔女《まじょ》

「王妃様ありがとうございます」

落ち着いた千春は、マルグリットにお礼を言った。

彼女は何も言わずニッコリ微笑《ほほえ》み、千春の頭を撫《な》でる。

「陛下、申し訳ありません。母のことを思い出してしまい、感傷的になってしまいました」

千春はエイダンに頭を下げた。

「うむ、構わんよ。異世界の美味《うま》い料理をありがとう。思い出の料理だったのだろう。美味《おい》しいはずだ」

「ええ、とても美味《おい》しい料理でしたわ。よかったらまた異世界の料理を食べさせていただけるかしら？」

エイダンとマルグリットはともに笑顔だった。二人は、千春の母は幼い頃に亡くなり、父親は国外で働き離ればなれということを、事前にローレルから聞いていた。マルグリットが千春を抱きしめたのは、それを思い出したからだ。

「はい、今日はこの世界にある調味料などがわからなかったのであちらから持参しましたが、厨房を見させてもらえたら、他の料理も作れると思います」

千春は、王族の食卓で泣き、マルグリットの服を濡らしてしまった恥ずかしさもあり、お詫《わ》びができればと、すぐに了承した。次は肉料理あたりを食べてもらいたいなと思っている。

「チハル様、僕もまた食べたいです！」

「ぼくも！」

次男殿下と三男殿下も揃って声を上げた。凄《すご》くニコニコしながらお願いしてくるので、思わず千春も笑顔になった。

「はい！　ライリー様、フィンレー様、また作らせていただきますね」

そう返してから、千春はエンハルトを見る。

「ではチハル、部屋まで送ろうか。素晴らしい食事をありがとう」

エンハルトは席を立ち、千春の方へ向かう。

「あら？　もう遅いわよ？　こちらに泊まっていけばいいんじゃないかしら？」

マルグリットの提案に、千春は首を横に振る。

「いいえ、部屋にはすぐ戻れますので大丈夫です！」

「そうなの？　もう少しお話をしたかったのだけれど……」

マルグリットは悲しそうに言う。美女の愁《うれ》いを帯《お》びた瞳は反則だった。

「あ……うぅ……」

「明日もこちらに来るのでしょう？　ローレルと打ち合わせすると聞きましたけれど」

「あ、その件は先ほど終わりましたので大丈夫なんですけれども、明日は魔法の練習をするために来ます」

「そうなの？　私も魔法は得意よ。ローレルよりも教えるのは上手だと思うわよ？」

「え？　王宮魔導師団長ですよね？　ローレルさん」

「ええ、その王宮魔導師団長の先生が私だもの」

「えええええ！」

意外な事実に、千春は目を見開いた。

「決まりね！　それじゃ、今日はお泊まりして、明日は私と魔法の練習をしましょう！　セバス、私の部屋にチハルが泊まれる準備を。エリーナはお茶の準備をお願い」

マルグリットは強引に話を進め、執事長と王妃の侍女らしきエリーナに指示を出した。

「お、おい、お前の部屋に泊めるのか？」

エイダンがマルグリットに問う。

「何か問題が？」

「いや……問題は……いや、ない」

エイダンは蛇《へび》に睨《にら》まれた蛙《かえる》のように首をすくめた。

「さあ、チハル、行きましょうか」

マルグリットは千春に微笑《ほほえ》みかけた。当の千春はオロオロしながらエンハルトを見たが、エンハルトは諦《あきら》め顔で苦笑いしている。止める気はないようだ。

「はい……」

千春ももう断りきれず、マルグリットについていくことにした。

マルグリットはベッドのある自室でも気兼《きが》ねなくお茶を楽しめるよう、広い部屋をいくつかに区切っていた。ベッドがあるであろう奥の方では、数人の侍女が千春も寝られるよう準備をしていた。エリーナと呼ばれた侍女がお茶を淹《い》れている。薄い色だが香りがいいハーブティーだ。

「私ね、娘が欲しかったのよ」

マルグリットが唐突に言った。

「ほら、うちは男ばかりじゃない？　可愛《かわい》いんだけど、たまにはぎゅーって抱きしめたいのに嫌がるのよね」

マルグリットの口調が先ほどと打って変わって凄《すご》く気さくに……いや、お友達に話すような喋《しゃべ》り方になっていた。

「男の子ってそんな感じじゃないんですか？　あっちの世界でも、男の子は母親に抱き着かれると嫌がるって、友達も言ってましたし」

「どこの世界でもそういうものなのね。そういうところは可愛《かわい》げがないわよね～。息子たちもいつかは結婚するけど、相手は貴族のお嬢さんでしょう？　抱き着いたりできないわよね～……チハル、私の娘にならない？」

「えええええ！！！　ダメでしょう！　国王陛下もダメって言いますよ、そんなこと！」

千春の言葉を聞いても、マルグリットはまるで動じない。

「大丈夫、ダメとは言わせないから」

ふふん！　と言わんばかりの顔で言い放つ。

(ダメと言わないじゃなく、言わせないんだ……)

千春はその言い回しに呆然《ぼうぜん》とした。

「それに、チハルが王宮で自由に行動できると考えたら都合がいいのよ？　異世界の扉は一応秘密にしてあるし、チハルはまだ王宮魔導師団の内部でしか知られてないから、今の内に色々手を打っておいた方がいいと思うの」

「でも、食堂で色々作りましたよ？　料理長とか会ってますけど……」

「異世界から来た女の子って紹介してないでしょう？　大丈夫よ。けれど、一応念のために口止めしておきましょうか。エリーナ、セバスに伝えてくれるかしら？」

「はい、わかりました」

エリーナは部屋を出て、代わりに別の侍女が入ってきた。

すると、千春が声を上げた。

「あ！　サフィー置いてきちゃった！」

「付き人のサフィーナ？」

「はい、料理が終わったら一度厨房に戻る予定だったので、多分厨房で待ちぼうけに……」

「フフッ、それは可哀《かわい》そうなことをしちゃったわね」

そのときエリーナが戻ってきた。同時に、別の侍女も入ってきて、湯浴みの準備ができたと報告する。

「あら、もうそんな時間なのね、チハル、一緒に入りましょうか」

「湯浴みって……お風呂ですか？」

「ええそうよ」

マルグリットは嬉しそうに答える。

「お風呂の準備とか着替えとか……ないんですけども？」

「あら、着替えなんかはこっちで準備するから心配しなくてもいいわよ？」

「えっと……一度着替えを取りに戻ってもいいですか？」

「そのまま向こうに帰っちゃわないならいいわよ？」

マルグリットの圧が半端《はんぱ》ないと思いながら、もう今日はこっちで泊まることにした千春は「はい……」と答えた。戻るついでに、サフィーナに『今日はお仕事終わり』と伝えようと、急いで厨房へ行った。

「サフィー！」

「あ、チハル！　遅かったですね」

「うん……王妃様に捕まった……今日、王妃様の部屋でお泊まり決定してる」

「えええええ……夕食をお持ちして、なんでそういうことになるんですか？　王妃殿下に何をしたんですか……」

サフィーナは呆《あき》れたように千春に問いかける。

「うん、まあなんか色々ありまして……アハハ。とりあえずお泊まりセットを部屋から取ってきたら、また王妃様のところに行くから、今日はサフィーのお仕事は終わりってこと。今日も一日ありがとうございました」

「こちらこそ」

サフィーナはにっこり微笑《ほほえ》み、千春を部屋まで送る。その後ろには、王妃の侍女もついてきた。

千春は扉の部屋に着くと、すぐに自分の部屋に戻り、スマホの着信や通知を確認してから、着替えとパジャマ、お風呂のセットをリュックにぶち込んだ。

扉の部屋では、今日はこれで仕事が終わりとなるサフィーナに就寝の挨拶《あいさつ》をした。

「では、チハル、おやすみなさい」

「うん、明日は王妃様に魔法を教えてもらう予定だから、ローレルさんが何か聞きに来たら教えてね」

「わかりました。私は一応この部屋で待機しておりますね」

千春は手を振るサフィーナと別れ、マルグリットの部屋へ戻る。

（はあ……なんでこんなことになったのかって……私が聞きたいよ！）

★

その頃、国王エイダンの部屋では、彼と第一王子エンハルトが話をしていた。

「父上、よかったのですか？」

もちろん、千春が王妃の部屋に泊まることについてであった。

「よくはない……が、別に問題があるわけでもない。チハルがメグに何かできるとは思えんしな」

メグとは、マルグリットの愛称である。

「しかし、あの場は止めるべきだったのでは？」

「止められるわけないだろう。止めたら氷漬《こおりづ》けにされておったわ」

「氷の棺《ひつぎ》ですか？」

「ああ、冒険者時代に喧嘩《けんか》するたびにヤラれたわ。久しぶりにあの目を見たわい。お前も知っておるだろ、母親の冒険者時代の二つ名は」

「……はい、『氷の魔女』でしたね」

「王妃になってから我儘《わがまま》なんぞ言わんから、丸くなったなと思っておったが……甘かったわ。まあ、今それを言うても仕方なかろう。メグのことだ、何かしらの考えがあるのだろうから、今日は好きなようにさせるわ」

「そうですね、今さらですし……」

そして、二人は大きなため息をつき、自分の妻や母親の恐ろしさを再確認したのであった。

## 第12話　温泉！

「戻りました」

「おかえりなさい。さあ行きましょうか」

お茶を飲みながら待っていたマルグリットは、侍女を連れて部屋を出た。千春もあとに続く。

「チハル、その荷物は着替えなのかしら？」

「はい、着替えとお風呂セットです」

「お風呂セット？」

「はい、ボディーソープとかシャンプーとかですね」

「しゃんぷー？」

「髪用の石鹸《せっけん》みたいなものです、こちらではどうやって髪を洗ってるんですか？」

「豆と薬草とオイルを混ぜたもので洗ってるわよ」

「それの強化版みたいなものです。もしよかったら使ってみませんか？　王妃様の髪はとても綺麗《きれい》なので、もっと艶《つや》が出ると思いますし」

「「!?」」

マルグリットと一緒にいた侍女二人が、「艶《つや》が出る」という言葉に強い反応を示した。侍女もいいところのお嬢さんらしいので興味があるようだった。

「それは楽しみだわ！」

マルグリットは嬉しそうに微笑《ほほえ》み返して浴室へ向かう。千春も、彼女の髪の毛を見ながら今でも綺麗《きれい》だけどなーと思っていた。

マルグリットは腰まであるストレートの赤い髪を中ほどで軽くくっており、ヘアオイルがついているのか品のいい艶《つや》がある。

浴場に着くと侍女が三人待機しており、マルグリットと千春の服を脱がしはじめた。

「わ……私は自分で脱げますからっ！！！」

とまどう千春の言葉を、侍女はニッコリと微笑《ほほえ》んでスルーする。

「あ、リュックのお風呂セットを……」

千春はリュックからボディーソープやシャンプー、トリートメント、コンディショナーを取り出し、侍女に浴室へ持ってきてもらう。

「さあ、いらっしゃい」

千春は裸になったマルグリットに連れられ浴室に入るが、マルグリットのプロポーションが凄《すご》くて言葉が出なかった。

「こちらへどうぞ」

侍女が先導する先には、広い浴槽と一人用の浴槽があり、どちらにも湯が溜《た》められていた。どうも、先に小さな浴槽で体を洗い、その後大きな浴槽に浸《つ》かるようだ。浴室はとても温かく、そして嗅《か》いだことのある匂《にお》いがした。

「硫黄《いおう》？　……温泉？」

「あら、温泉を知ってるの？」

「はい、私の国では温泉がよく出るので」

「このお湯は美容にいいって言われてるのよ？　それに、お湯に浸《つ》かるのは大好きなの」

マルグリットは小さな浴槽の方に浸かる。小さいと言っても、千春の家の浴槽よりも大きく、足を伸ばしても反対側に届きそうにないくらいだった。よく見ると、その隣にもう一つ同じ浴槽があり、千春はそっちに入るよう勧められた。

「はあ……」

マルグリットは気持ちよさそうに息をつく。侍女が彼女の手足をマッサージしながら洗いはじめた。髪の毛も櫛《くし》で梳《す》いている。

「チハル様、こちらはどうやってお使いになるのですか？」

侍女がボディーソープを持ち、千春に聞いた。

「それは体を洗うときにボディータオルにつけて体を擦《こす》るやつです。他の三つは髪用で、キャップが黒いのがシャンプーと言って頭を洗うやつで、赤いのがトリートメントです。金色の入れものはコンディショナーなので最後に使います」

髪の手入れで使用するオイルなどと使い方が似ているのか、侍女たちはすぐに理解し、マルグリットと千春の髪の手入れを始めた。

「チハル様の髪もお綺麗《きれい》ですね」

千春は肩より少し長い髪をいつもポニーテールにしている。母譲りのストレートで、ポニーテールも母の真似《まね》だった。この髪型がとても気に入っていたから、髪の手入れもしっかりしているのだ。

初めて人に体と髪の毛を洗ってもらい、恥ずかしがりつつもされるがままの千春を、マルグリットは優しく見守っていた。

「チハル、こっちへいらっしゃい」

体も髪の毛も洗い終わった二人は大きな浴槽へ入る。

「はあぁぁぁぁぁぁ」

千春は数年ぶりに大きな浴槽に入ったためか、大きな声を出してしまった。

「フフフッ、気持ちいいでしょう。ここは私の自慢の浴室なのよ？」

マルグリットは千春の隣に来た。

「はい、とろけそうです」

するとマルグリットは微笑《ほほえ》み、千春の頭を撫《な》でる。

「いつも一人だから、一緒に入ってくれて嬉しいわ」

「他の方は使わないんですか？」

「使わないわよ。陛下と子供たちは男用の浴室があるもの」

「体を洗った浴槽は二つありましたけど？」

「予備くらいあるわ。あれはチハル専用の浴槽にするから、また予備を準備させておかないとね」

マルグリットは目を瞑《つむ》り、気持ちよさそうにしている。

「向こうでお風呂に入るので……そんなに使うことないと思うんですけど」

「お泊まりするときに入ればいいじゃない。それこそ、すぐに向こうに帰れるんでしょう？　毎日こっちで寝泊まりしてもいいのよ？」

「いや、それはさすがにどうかと……アハハ」

「そう？　私は毎日でも一緒に入りたいわあ」

目を瞑《つむ》ったまま会話しているマルグリットは、とても幸せそうな顔だった。

「!?」

不意に千春はマルグリットに抱き寄せられた。

「チハル……あなたのお母様も、きっと今でもあなたを見守っているわ」

「……はい」

「お母様のいなかった時間を、私に少しでも埋《う》めさせてくれないかしら？」

マルグリットは優しく千春を抱きしめる。千春もなぜか……自然と彼女の体に頭を預ける。

「ありがとうございます、王妃様」

「メグでいいわよ。いっそ、お母様と呼んでくれてもいいんだけど？」

マルグリットは悪戯《いたずら》っぽく千春に笑いかける。

「そ……それは……さすがに王様に怒られそうですけど。あと！　あの！　貴族の方とか色々まずくなったりとか！　急に娘が、とか大変なことになりませんか!?」

「あーら大丈夫よ。私の遠縁の娘を引き取って養女にしたとか、他の国から来たとか言えばいいじゃない」

マルグリットはケラケラと笑っている。しかし、千春は『そんな簡単なものではないのでは？』と苦笑していた。

「まだチハルが来て時間が経ってないから、今なら色々と筋書きを作れるわ。それに、チハルの国の知識はこの国にとっても凄《すご》く大事な情報になる。少々の無理も通せば道理になるものよ？　とにかく、私がチハルのことを気に入ったんだもの。ふざけたことを言う者がいたら、私が責任をもって処……んんっっ！　対処しておくわ」

なんか物騒《ぶっそう》な言葉が出た気がしたが、千春もこの短い時間でマルグリットのことがとても好きになっていた。二人はしばらく他愛《たあい》のない話をし、お湯を堪能《たんのう》した。

「さあ、そろそろ上がりましょうか」

「はい」

二人は目を合わせ、ニッコリと微笑《ほほえ》みお湯から上がる。すでに侍女が待ち構えており、千春は一瞬ビクッとしたが、されるまま体を拭《ふ》いてもらい、寝間着に着替えた。さすがに寝間着は『自分で着るので！』と押し通し、マルグリットと部屋に戻る。

マルグリットの部屋に戻ると、寝室の準備が終わっていた。マルグリットのベッドは想像通りの豪華なもので、千春が四人くらいは寝られそうなサイズだった。その隣には、さっきまでなかったと思われるベッドがあったが、それは千春の家のものよりも大きく豪華だった。

「うわぁ！」

「フフッ、ベッドを準備させたけど、私のベッドで一緒に寝ましょう？　ああ！　娘と一緒に寝られるなんて夢みたい！　さあ、いらっしゃい！」

ベッドを見て声を上げる千春と、違う意味で興奮しているマルグリットがベッドに入る。

「いいんですか？」

「いいに決まってるでしょう」

布団に入った二人は、横になり目を合わせ笑った。

「メ……メグ様、今日はありがとうございました」

「あら、お母様じゃないのかしら？　フフッ」

「そ……それはさすがに」

千春は顔を真っ赤にしながら布団に隠れた。マルグリットは千春の頭を撫《な》でながら微笑《ほほえ》んでいた。

「今日は私の我儘《わがまま》に付き合ってくれてありがとう。チハル、とても楽しかったわ」

「いえ、私もとても嬉しかったです」

「明日は魔法の特訓だったわね」

「え⁉　特訓ですか⁉　練習……だったと思うのですが」

「あら、そうだったかしら？」

マルグリットはくすりと笑い、千春を揶揄《からか》う。

「寝ると魔力は回復しやすいの。しっかり寝て、明日は頑張《がんば》りましょうね。おやすみなさい、チハル」

「はい。おやすみなさい、メグ様」

そう言い二人は目を瞑《つむ》った。千春は使い慣れない魔法や色々な出来事もあって疲れていたのか、すぐに寝息をたてた。マルグリットは心地よい寝息を聞きながら、同じく眠りについた。

★

千春は夢を見ていた。母が台所に立っている。自分はそれを後ろから見ていた。

『おかぁさん、何つくってるのー？』

『今日はガーリックチキンと水菜のサラダよー。冷蔵庫からミニトマト取ってくれる？』

『うん！　ヘタを取って洗っといたらいい？』

『ありがと。洗ったら、そのザルで水をきっといてね』

『はーい。あ、おかぁさん、今日ねープレーンオムレツ作ってねー王様たちに食べてもらったんだー』

『へー上手にできた？』

『うん！　みんな美味《おい》しいって言ってくれたよ！　おかぁさんにも食べてもらいたかったなー』

『いつも食べてるわよ？　毎年作ってくれてるじゃない。もうお母さんより上手じゃないの』

『そういうのじゃないんだもん。ちゃんと食べてもらいたいの！　あとねーあっちにもおかぁさんみたいな人がいるの。全然おかぁさんと感じが違うのに、すっごくおかぁさんと似てるの！』

『優しい？』

『うん！』

『えーお母さん妬《や》けちゃうなー、フフッ』

『あ！　その笑い方！　あっちのおかあさまと一緒だ！』

『女の子ってね、結婚したらお母さんが増えるんだよ。千春はあっちで結婚しちゃうのかなー？』

『えーおかあさまは養女にするって言ってたもん、お嫁さんじゃないよー？』

『そうなの？　でも千春はずーっと頑張《がんば》ってきたんだから、いっぱい甘えておきなさい？　お母さんもその方が嬉しいわ～』

母はとても優しく千春に微笑《ほほえ》み、頭を撫《な》でる。

『あー撫《な》で方も一緒だー！』

二人は笑い合いながら料理を作る。束の間の親子の会話。数年ぶりの会話のはずだけれど、千春は当たり前のように、そして今までの時間を埋《う》めるように、楽しく母と料理を作ったのだった。

## 第13話　コーンポタージュスープ！

「んー……あれ？」

ベッドが揺《ゆ》れて目が覚めた千春は、周囲が見覚えのない景色だったので混乱した。

「おはようチハル、起こしちゃったわね」

一緒に寝ていたマルグリット王妃がチハルに近寄り、頭を撫《な》でる。

「おか……メグ様、おはようございます」

「ん？　おか……何？　もう一回言ってごらんなさい？」

マルグリットは一瞬目を見開いたが、すぐに笑顔で千春にもう一度と催促する。

「い……いえ！　なんでもありません。メグ様、おはようございます！」

真っ赤になった千春は、マルグリットに見えないように顔を隠しながら挨拶《あいさつ》をする。

「そう？　寝言のときみたいにお母様って言ってくれてもよかったのに残念だわぁ」

「っっっっ！！！」

「ごめんなさいね。可愛《かわい》くてつい揶揄《からか》ってしまったわ。いい夢を見られたみたいね」

マルグリットは軽く千春を抱きしめ、頭を撫《な》でる。

「はい、おかぁさんと久しぶりに会えました。メグ様のおかげです。ありがとうございます」

「あらあら、それじゃまた一緒に寝ないといけないわね。私はいつでもいいわよ」

微笑《ほほえ》みつつ答えてくれるマルグリットに、千春は照れながら頷《うなず》く。

「食事にはまだ早いわね」

寝室から出ると、エリーナが他の侍女とマルグリットの服を準備していた。

「王妃殿下、おはようございます。本日は――」

エリーナは今日の予定をマルグリットに伝えたあと、千春に言う。

「チハル様、お召しものはこちらでよろしいでしょうか？」

昨日着ていた服がドレッシングルームのトルソーに綺麗《きれい》にかけられていた。千春は「はい！」と答え、すぐにそれを受け取ると、どこで着替えようかキョロキョロと室内を見回す。

「あら、この部屋を覗《のぞ》くような不届き者はいないわよ。その姿見のところで着替えなさい」

マルグリットは侍女にレースのついたナイトガウンを脱がされ、着替えを始めている。それから、千春は早々に着替え、パジャマをリュックに入れた。

「メグ様、一度あちらへ戻って用事を済ませたらまた来ますので。練習の方は何時ごろお伺《うかが》いしたらよろしいですか？」

「あら、朝食は一緒にとらないの？」

「はい、用事のついでに向こうで済ませてきますので」

「わかったわ。チハルはゆっくり用事を終わらせてきなさいな。正午の鐘《かね》までには私も用事を済ませておくわ。昼食は一緒にとりましょう。それから魔法の特訓ね」

そう言いながら、マルグリットはクスクス笑う。

「いえ……練習です」

千春は苦笑いで返す。

「では後ほど、失礼いたします」

千春はそのまま戻ろうとしたが、まだ王城の構造がよくわかっていないことを思い出した。そこで、申し訳なかったけれど一人の侍女を捕まえ「魔導師団の棟へはどうやっていくのか」と聞き、急いで家に帰った。

「はあああ！　ただいまっとー！」

部屋に戻った千春は、すぐさま携帯をチェックする。メッセージアプリに頼子からの履歴があり、チェックすると昨日の電話どおりの画像が貼ってあった。

自分のマフラーを買いに行ったときに、千春にぴったりなものも見つけたから、一緒に買ってきてくれるという。

「うん、可愛《かわい》い柄《がら》のマフラーだね。ヨリのセンスはやっぱりいいなあ」

千春は頼子に返信し、洗濯ものを洗濯機に入れてから時間を見る。

「あ……まだ七時にもなってないのか。めっちゃ早起きしちゃったなー」

そのとき、開けっ放しにしていた扉の向こうにサフィーナが現れた。

「おはようチハル、よく眠れましたか？」

「めっちゃ爆睡《ばくすい》しちゃったよ。しかも寝言まで王妃様に聞かれちゃって……めっちゃ恥ずかしい！」

「本当に一緒に寝たのね。私なら一睡《いっすい》もできないと思うわ」

「うん、ちょっと疲れてたっぽい」

千春は扉を抜け、サフィーナのところへ行く。サフィーナはお茶の準備をしながら「飲むでしょ？」と、いつもの魔法でお湯を沸《わ》かした。

「サフィーは朝ごはんとかは？」

「さっき軽く食べましたよ。ここの使用人は朝は軽く食べて、昼食前にきちんとした食事をいただくの」

「へぇーブランチってやつかな？」

「チハルは今から朝食かしら？　また何か作るの？　食堂で食べるの？」

「んー。ちょっとまだお腹空《す》いてないというか……早すぎるんだよねー。まあ何か作ってもいいけど」

作ると聞いて、サフィーナの目がキラリと光る。

「へえ、何を作るの？」

「え……え？　いや、まだ何も考えてない……何か食べたいの？」

「そういうわけじゃないけど、チハルの料理はどれも美味《おい》しいから、ね？　気になっただけよ？」

「ふーん、んじゃ、ごはんと味噌汁《みそしる》と納豆という、『ザ・日本の朝食』を食べさせてあげようか？」

「ごはんって？　パンじゃないのよね？」

「うん、米を炊《た》いたもの、もしかして米ってないのかな？」

「あるわよ？　食べられるのも知ってるけど、基本家畜の餌《えさ》ね」

「家畜……私の国のソウルフードだよ」

「へえ、くさくてモサモサして美味《おい》しくないって聞いたことあるけど、食べたことはないわねえ」

サフィーナは眉《まゆ》をへの字にした。

「で、ミソシルっていうのは？」

「味噌《みそ》っていう調味料を使ったスープ」

「ミソって？」

「大豆を発酵《はっこう》させた……発酵《はっこう》調味料」

「…………ナットウは？」

「……大豆を発酵《はっこう》させたもの」

「発酵《はっこう》って確か、パンに使う酵母《こうぼ》も発酵《はっこう》っていう、いい菌《きん》が腐《くさ》らせるやつよね」

「うん、よく覚えてたね」

「チハルの国ってどんだけものを腐《くさ》らせて食べてるの？　腐《くさ》らせすぎじゃないかしら？」

「発酵《はっこう》食品は体にいいんだよ！　ホントだよ！」

「家畜の餌《えさ》と腐《くさ》らせた食べものとか、普通に聞いたらチハルの国は危ないところかと思うわよ」

「ひどいな！」

二人は笑いながらお茶を飲んでいる。

「サフィーは朝ごはん作ったら食べられる？」

「ええ、食べられますけど、先程言ってた料理はちょっと遠慮したいかな？」

「えー……まあ、それはそのうち食べてもらうとしてー」

「えええ……食べさせられるのね」

「ちょっとコンビニでなんか買ってくるかな。お湯は沸騰《ふっとう》させられる？」

「ええ、できるけど、何を作るのかしら？」

「できてのお楽しみっ！　ちょっと行ってくるね！」

千春は扉を抜け、財布と携帯を握《にぎ》り、走れば二分で着くコンビニへダッシュした。

「ふいい、何買ってこかねー」

千春はパンコーナーで総菜パンをいくつか手に取り、スープコーナーへ行く。

「味噌汁《みそしる》は家で作ったほうがいいし、コーンスープでいっか。あ、オニオンスープも買っていこ」

そして、レジ横のハッシュポテトを注文し会計する。それからすぐに家に戻った。

「たっだいまー！」

「おかえり、チハルー」

扉の向こうから声が聞こえる。

マグカップを二つ取り出し、スプーンとスープの素《もと》をサフィーナに渡す。さらに、自分で小さい鍋を持っていく。

「サフィー、これに袋の中身を入れるから、ゆっくりかき混ぜながら溶かしてもらっていい？　一度に入れるとダマになるんで、少しずつ入れて溶かしつつ回して混ぜてね。あと、この鍋に卵が沈むくらいお湯を入れてもらっていいかな？」

「はい、わかりました」

千春はマグカップにスープの素《もと》を入れてから、お湯を入れてもらった小さな鍋を持って、台所に戻る。それから、その鍋を火にかけ沸騰《ふっとう》させる。すぐに沸騰したお湯に、卵をそーっと入れる。

「で、六分タイマーかけてっと。あとは、明太子《めんたいこ》パンとソーセージパンをトースターに入れてアツアツにー。ハッシュポテトは四分割で小皿に～」

焼けたパンをいくつかに切り分け、フードピックを刺して、ちょっとかわいく盛りつける。

「スープできましたよー」

サフィーナから声がかかる。

「はーい、りょうかーい」

千春は、できた料理をサフィーナのところへ持っていき、テーブルに並べる。

「さ～て、もう少ししたら茹《ゆ》で卵ができるから、先に食べてよう」

「美味《おい》しそうねー。これも柔《やわ》らかいパンなのね」

「うん、そう言えば、昨日試食して、昨日王宮の料理長にイースト渡したけど、使えたかなあ？」

「大丈夫よ。昨日試食して大盛況で、今日の朝も王族の食事用に作ってたから、試食用のものを一個貰《もら》っちゃったの」

「おーさすがだね。一回で覚えたかー」

「チハルの教え方がよかったからよ。時間配分もちゃんとメモしてたし、同じ量で作ってたみたいよ？」

「それじゃ、結構早起きしたんじゃない？」

「いつもとあまり変わらない感じだったけど、それが仕事だからいいんじゃないかしら？」

「そっか。それじゃ、サフィーはあのパンを食べられたのね」

「そ、チハルの付き人特権よ」

ニッコリと笑ってサフィーナは言うが、少し悪い顔をしていたようだった。千春は気のせいだと思うことにした。

「チハル！　この揚げもの美味《おい》しいわ！　パンも美味《おい》しい！」

「ハッシュポテトねー。美味《おい》しいよねー。あー、コーンポタージュがうんまあ」

「美味《おい》しいわね、このスープ。コーンってことは、こっちでも作れるのかしら？」

「コーンがあったら作れるよ。厨房にあるの？」

「あるわよ。旬《しゅん》は少し先だけど、もう出回ってるから」

「そか。んじゃ、コーンスープとオニオンスープも作り方を教えてみよーかー」

「ほんとに!?　あーこれが毎日飲めるなら、毎日食堂に行くわ！」

サフィーナはコーンポタージュスープが気に入ったようだ。

「この超半熟卵はどう？」

二人はでき上がった茹《ゆ》で卵の殻《から》の上半分を剥《む》き、スプーンで掬《すく》いながら食べる。

「美味《おい》しいわ。こんなに黄身が生《なま》の茹《ゆ》で卵なんて初めて食べたけど、味が濃厚なのね。お腹壊さないわよね？」

「大丈夫。まるっと生《なま》のまま食べても、あっちの卵はお腹壊さないから」

「ええ。こっちだと、浄化をかけないと怖くて食べられないわよ」

「ん？　てことは、浄化をかけたら食べられるの？」

「食べられるって聞いたわよ？　でも、わざわざ教会に卵を浄化してくださいって頼む人いると思う？」

「……そんなこと言ったら追い返されそうだね」

「ね、そういうことよ？」

二人はあとで厨房の料理人にどんな料理を教えるか考えながら、朝食をとるのであった。

## 第14話　コーンポタージュスープ！（大鍋で！）

朝の二鐘《にかね》（午前九時）の鐘《かね》が鳴る頃、千春とサフィーナ、モリアンの三人は王宮の厨房にいた。

もちろん、お昼に新しい料理を出すためにだ。

「ルノアーさん、おはようございます！」

千春が料理長のルノアーに元気よく挨拶《あいさつ》をすると、彼はすぐに近寄ってきた。

「チハルさん！　先日のパンありがとうございました！　試食の分も食べさせていただきましたが、素晴らしいパンです。今後も王宮で作ってもよろしいでしょうか！」

「おおう……それはもちろん大丈夫ですよ。そのつもりで酵母《こうぼ》も作ってますし」

ルノアーは嬉しそうに頷《うなず》いた。

「はい、今日も新しく酵母《こうぼ》を仕込みました。まだ最初のができてないので、上手くいくのか不安ですが、同じ作り方で準備しております」

「上手くできたら、私も食べに来ていいですか？」

「もちろんです！」

ルノアーは快く応じた。

（やったー！　食費が浮くー！）

千春も内心大喜びである。

「ありがとうございます。それで、新しい料理を作りに来たんですけど、厨房をお借りしてもよろしいですか？」

「もちろんです！　今昼食の仕込みをやっておりまして、そちら側でしたらお好きなように。それで、何を作るのですか？」

「スープを一品と、ちょっと変わった調味料を一つ作ろうかなと思ってます」

千春は材料を探すため、サフィーナとモリアンを連れて食物庫へ向かう……がその前に。

「ところで、ルノアーさん」

「はい」

「なんでそんな喋《しゃべ》り方なんですか？　昨日はもうちょっと砕《くだ》けた感じでしたよね？」

「はい！　素晴らしいパンを教えていただきましたのと、あの、王妃様からチハルさんは『やんごとなきお方の子である』とお聞きしまして、はい」

「ああ……（そういう方向できましたか王妃様……）。いや、そこは昨日くらいのフランクな感じで話していただけると、こちらもありがたいなあと思いますので、お願いできませんか？」

「そ、そういうことでしたら、了解しました」

自分もフランクな方なので、恐縮されまくった喋《しゃべ》り方されると話しづらいと考えていた千春は、ホッとした。

「チハル、これよね、コーンって」

サフィーナは食物庫でトウモロコシを見つけて指差している。

「うん、トウモロコシだね。トウモロコシで通じてる？」

サフィーナだけでなく、モリアンも頷《うなず》いた。

「農家の人たちはそう言ってるみたいね。聞いたことがあるわ」

千春はモリアンにもトウモロコシで通じたことに感心した。

「ふーん……翻訳指輪凄《すご》いな。どの言語からも翻訳可能なのか」

ふと、サフィーナが口を開く。

「そう言えば、チハルは魔道具を使ってたんだっけ。違和感ないから忘れていたわ。たまに何言ってるかわからないときもあるけどね。でも、どこにつけてるの？」

千春が指につけてないせいか、サフィーナは忘れていた。

「ネックレスにして首につけてるよ」

千春はそう言いながら、トウモロコシを物色する。

「とりあえず王様たちに食べてもらいたいし、試食もしたいよね」

「「したーい！」」

侍女二人組は大賛成だった。モリアンはあのあと部屋に来て、二人が食べ終わったのを見て崩れ落ちてしまった。見かねた千春は、スープを出してあげた。

「ぜひ私たちも食べたいですね。では、手の空《あ》いている者をつけますので、手伝わせてください」

ということで、ルノアーが三人ほど連れてきた。

「助かります。正直、これ結構体力勝負なんで……道具があればすぐなんですけどねえ。人力だから頑張《がんば》ってください！」

「「「はい！」」」

連れてこられた三人は元気よく返事をする。それもそのはずで、パン担当は試食用のパンの人気が出すぎて、他の侍女たちから余りが欲しいと声をかけられるようになったのだが、それが羨《うらや》ましかったのである。

「それではコーンポタージュスープを作ります。そこの寸胴鍋《ずんどうなべ》一杯分作ります！　よろしいですか？」

「「「はい！」」」

「まずは、トウモロコシを二十個持ってきて、粒だけ削《そ》ぎ落《お》としてください。はい君！　頑張《がんば》れ！」

千春は若い男の子を一人指差し、トウモロコシ担当にする。

「で、君はタマネギを二十個くらい微塵《みじんぎ》切りにしてください。頑張《がんば》れー」

「は……はい！」

タマネギ君も頑張《がんば》るようだ。

「残った君は、作り方の流れを覚えて、この二人の進捗《しんちょく》具合を見つつお手伝いね」

千春は工程を教える。トウモロコシの準備ができたら、タマネギと一緒にバターで炒《いた》め、それに水を入れて煮《に》て、さらにそれを細かく擦《す》り濾《こ》し、牛乳と水を入れ、焦《こ》げつかないよう煮《に》込《こ》む。

「というわけで、最後の味の調整は塩でやるんだけど、ルノアーさんにお願いしていいですか？」

「いや、味を知らないからできないが？」

「あ、同じじゃないけど、持ってきたから飲んでみてください」

千春はさっき飲んだのと同じ粉末スープを、手ごろなカップに入れお湯を注ぐ。そこから作るのはサフィーナで、彼女はもう慣れた手つきでスープを混ぜる。

「はい。これに近い感じで塩を入れて調節してみてくださいね」

千春はルノアーにスープを渡した。

「チハル……作ってあげるわけじゃないのね」

「私も、チハルさんが作ると思ってたよ」

サフィーナとモリアンは引き気味な顔で千春を見つめていた。

「えー言ったじゃん、お・し・え・に・い・くって。ちょっと作るのと大量に作るのって、だいぶ違うから、味の調節が難しいんだよ。大鍋で作るならプロの方が上手く作れるんだって！」

「確かに大鍋で作るのと家族分を作るときの塩の量は加減が難しいな。わかった。責任もって作らせてもらう」

ルノアーさんは納得し、三人に指示を出すと、自分の仕事に戻った。

★

時間は少し戻る。マルグリットが千春を見送ったあとのこと。

「王妃殿下、御髪《おぐし》の方はいかがいたしましょうか」

普段は何も聞かずセットするエリーナが、珍《めずら》しくマルグリットに問いかけた。

「いかがって何かしら？　いつも通りでいいじゃないの？」

マルグリットは自分の髪を触る。

「……サラサラね」

それから、姿見の方へ移動し、後ろを見る。まだ精油もつけていないのに艶《つや》がある。そしていつもの髪と違うサラサラ感。普段なら起きてすぐ気づくのだろうが、千春がいたためそちらに気が向いていて、自分の髪の変化に気づかなかった。

「はい、精油をつけるのはいいのですが、いつもの精油ですと、手触りがもったいないなと思いまして」

エリーナはそう言って、マルグリットの反応を窺《うかが》う。

「そうね、今日はティーツリーを薄くお願いしようかしら？」

「はい、そのように」

その後、支度を終わらせたマルグリットは部屋を出て、豪奢《ごうしゃ》な扉の前に来る。兵士がすぐに中にお伺《うかが》いを立てた。

「ん、入っていいぞ」

中からエイダンが言った。

「おはようございます、陛下」

「ん？　こんな早くから珍《めずら》しいな……チハルの件か？　何かあったのか？」

マルグリットが朝早くからエイダンの執務室に来ることは、よっぽどのことがない限りない。だから彼は、千春と王妃が一緒の部屋で一晩過ごしたことで何かあったのかと考えたのだ。

「あったと言えば……大ありですわよ。あの子の今後の王国での待遇をいかがなさるつもりかお聞きしたいと思いまして」

「ふむ、まあお前に隠すことではないからな、正直に言おう。できることなら、爵位を与えるなど何かしらの保護をし、他国からの干渉《かんしょう》を防ぐ。異世界の国やチハルの知識は争いを生む」

「そうでしょうね。あの扉を閉じ、こちらへ来ないようにするという選択肢はないのですね？」

「ああ、それも考えたが、建設的ではない。過剰な技術や知識は身を亡《ほろ》ぼすが、今の時点でこの国ができることは取り入れたいと思っておる。エンハルトとローレルがチハルに念押しされたそうだぞ」

「何をですか？」

「向こうの世界の言葉らしいが『この世の中で悪用されないものはない』そうだ。それを見極め、チハルの知識を『平和』に使ってくれとな」

そう言うと、エイダンは妻であるマルグリットに笑いかけた。

「フフッ……あの子らしいわ、エイダン、あなた娘は欲しくない？」

「なっ⁉　……お前、それはさすがに極論だろう。他の者にはどう説明するつもりだ？」

「簡単なことですわ。私の遠戚に連絡し、籍を用意します。追って調べても問題ないように手配いたしますわよ？」

「……ふむ、今すぐにとは行かぬだろう？」

「ええ、少し時間はかかりますが、チハルは私の預かりとして王国で暮らしてもらいます。異世界の門に関しては、両隣の部屋も改築し、王宮にもチハルの部屋を仮で作っておいた上で、チハル不在の日でも侍女二人を待機させます」

「わかった。ただその件に関しては、必ずチハルの了解を取ってからだぞ。あの子が嫌がり、こちらに来なくなっては困るからな」

もうこれ以上言っても無駄だろうと、エイダンは最後の念押しだけはしておいた。

「わかってますわ。でも、もう一押しだと思いますけどね～。ところでエイダン、あなた、私を見て何か気づかない？」

「ん？　いつもと変わらんが。相変わらず美しいぞ？」

「んーーーー、あなたそういうところなのよね。国王陛下じゃなくて貴族だったらダメダメよ？」

「どういうことだ？」

夫婦で悶着《もんちゃく》していると扉がノックされた。

「陛下、失礼いたします。マルグリット様、おはようございます」

宰相《さいしょう》のルーカス・クラークが入ってきて、軽くお辞儀《じぎ》をする。

「おはよう、ルーカス。では私の用事は終わりましたので、お暇《いとま》させていただきますわ」

マルグリットは扉へ向かう。すれ違うとき、ルーカスが口を開いた。

「マルグリット様、その御髪《おぐし》は……」

「あら、新しい洗髪剤と精油を使いましたの。いかがかしら？」

「はい、とてもお美しい。もしよろしければ、妻にもと思いますので、何を使われているのか教えていただければと」

「ごめんなさいね、まだ出せないものなのよ。製品化できるようになったら、一番にお分けしますわ」

「ありがとうございます」

それから、マルグリットはエイダンを見た。

「こういうところよ?」

そして、クスクスと笑いながら執務室を出ていった。

## 第15話　マヨネーズ!

「チハルさん、次は何を作るんですー?」

「調味料って言ってたわよね、料理じゃないのかしら?」

モリアンとサフィーナは、作るものが料理じゃないことに疑問を持っていた。

「そ、万能調味料! その名もマヨネーズ!!」

当の千春は右腕を掲げ、人指し指を天にかざす。別に意味はない。

「で、そのまよねーずの材料はー?」

「今から探す」

「「えぇ~~~~~」」

モリアンは調味料の材料が気になったが、千春はこちらの世界に材料があるかまだ確認していなかった。

「えーっと、卵があるのは知ってる。塩もあった。あとは、酢と油かな〜。ここの油って何油なの？」

「植物の種から取った油だったと思いますけど？」

サフィーナが答える。

「なんの種？」

「さあ？」

「サフィー……」

「そんなのわかるわけないじゃないですか。私たちは厨房担当じゃないんですから」

「ルノアーさーん！」

千春はルノアーを呼ぶことにした。

「どうした？　何かいるのか？」

「この厨房にある油って何油なんですか？」

「色々あるが、どういうのが使いたいんだ？」

「植物性の油で、匂《にお》いがあまりないのがいいですね」

「そうだな、それじゃ豆油だな」

「んじゃ、それをコップ一杯もらえますか？　あと、酢も欲しいんですが」

千春は油を受け取る。

「あーワインビネガーか？　あるぞ、どれくらい欲しいんだ？」

「大さじ一杯くらいで大丈夫です」

「そんだけでいいのか。ほら、これだ」

千春はボウルにそれを入れてもらった。

「確かワインビネガーを使うレシピもあったから大丈夫だよね……よーし、あとは新鮮な卵くださ
い。生《なま》で使うんで」

「は？　生《なま》だと腹壊すぞ？」

「いつ産んだ卵なんですか、それ？」

千春はルノアーから、調理場に置いてある卵を二個受け取る。

「今日養鶏場から受け取ったやつだから、今日の朝か昨日の分だな」

「なら大丈夫でしょ……鑑定……うん、大丈夫！　生《なま》でイケる」

千春は塩の瓶《びん》も受け取り、作業場に戻った。

「チハルさん、私は何をしたらいいです〜？」

「モリアンはその泡立て器を持って待機！」

「はーい」

「私は？」

「サフィーは、そのボウルを動かないように押さえててね」

千春は卵の黄身だけを二つボウルに入れる。そして、ワインビネガーと塩も少し入れた。

「はい！　モリアン、それを混ぜてー」

「はーい、どれくらい混ぜるの？」

「……やめろと言うまで」

「白身はどうするの？」

サフィーナは残った白身をどうするのか気になるようだ。

「ん、いらないから、ルノアーさんにあとであげる」

そういう会話をしながら、千春はある程度混ざったら少しずつ油を入れる。モリアンは延々と混ぜ続け、サフィーナはボウルを押さえているだけだった。千春が油を全部入れ終わる頃、モリアンの泣きが入った。

「……サフィーナ……かわって……おねがい……」

「頑張《がんば》れ！」

「ひーん……」

モリアンは仕方なく混ぜ続けた。

（……ブレンダーを使ったら秒でできるのは黙っとこう）

千春は心の中でそう誓った。

そして無事マヨネーズができ上がった。

「……腕がぁぁ」

モリアンは悶絶《もんぜつ》している。

「さて、これがマヨです。頑張《がんば》ったモリアンには、最初に試食をさせてあげましょう！」

千春は野菜庫にあったキュウリやズッキーニみたいな野菜、ピーマン、トマトを一口サイズに切り分け、小皿に載せて出した。

「えー生《なま》で野菜を食べるの？」

「モリアン君、マヨネーズには生野菜《なまやさい》なのですよ」

「なんで君づけなんです？　私、生《なま》の野菜は苦手なんですけどぉ……」

「そうなの？　聞いてないよ」

「言ってないもの！」

「まあ、とりあえずこれいってみよう！」

千春は一口サイズのトマトにマヨネーズをかけて「あーん」とモリアンの口に持っていく。

「よりによってトマトー！」

モリアンはトマトが嫌いらしい。

「ほら、騙《だま》されたと思って食べてみ？　ほれ」

「だーまーさーれーるー！」

そして、トマトが口に放り込まれた。

「!?」

「どう？」

コクコクと首を縦に振るモリアン。

「へー、トマト嫌いなモリアンが美味《おい》しそうに食べるなんて、私も貰《もら》っていい？」

「どうぞー、サフィー。私はこのキュウリっぽいのいってみよ」

サフィーナと千春も、野菜にマヨネーズをつけて食べる。

「美味《おい》しいわね、モリアンもこれなら……」

「うんまあ！　やっぱマヨは最高！」

二人がモリアンを見ると、自分からトマトにマヨネーズをつけて食べていた。

「んーマヨおいふぃーー！」

「モリアン、口に食べもの入れて喋《しゃべ》らないの。あなた、子爵令嬢でしょう」

王宮で働く侍女は基本的に貴族令嬢だ。なので、礼儀作法も小さな頃から躾《しつ》けられている。だからこその侍女なのであった。サフィーナが叱《しか》るのももっともなことだった。

「チハル、これって最初に食べさせてくれた『さんどいっち』に入ってたものよね」

「おおー！　よく覚えてたねー、サフィー。その通りよ」

「それじゃ、また作るの？」

「ぴんぽーん！」

「何よぴんぽーんって」

「あたりーってこと。んじゃ、茹《ゆ》で卵を作って本格タマゴサンドにしよう。この前のはナンチャッテタマゴサンドだったから」

「あれは美味《おい》しかったけど、偽物だったの？」

「いや、タマゴサンドだけどさ、あのときはスクランブルエッグだったから。本当は茹《ゆ》で卵を使うのよ。あと、パンとかも貰《もら》ってこよう」

千春は鍋に水を張り、卵を入れる。

「ルノアーさーん、パンの予備いくらか貰《もら》えますか？」

スープを作っている三人を見ているルノアーに聞いた。

「ああ大丈夫だ。ところでそれは？」

「パンの中に挟む材料と調味料ですよ」

「野菜につけて食べてたようだが、パンにもつけるのか？」

「いや、これは卵とマヨを混ぜて、パンに挟むんです。多めに作りますから、食べてみますか？」

「もちろんいただくよ。王族の昼食には出さないのか？」

「出すつもりですよ」

「それじゃ、陛下のパンはまだできてないから、できてからでいいか？　朝の分は五個くらいしか残ってないんだ」

「うん、それでお願いします」

ルノアーは王族用のキッチンにパンを取りに行った。

「これだ、使えるか？」

彼が持ってきたパンは丸ではなかった。

「形を変えたんですね」

「ああ、色々試してるんだ」

「でも、こっちの方が使いやすいかも」

パンは小さめだが、長いコッペパンのような形だった。

「茹《ゆ》で卵ができるまでマヨの試食してみます？」

「いいのか？　あまり量がないようだが」

「なくなったらまた作ればいいんですよ」

そう言いながら、千春はモリアンを見る。

「嫌ですよ！　もう泡立て器は持たないですから！」

モリアンがサフィーナの後ろに隠れる。サフィーナは苦笑いした。

「大丈夫だって。パンが焼けるまでに作ればいいんだし、人員ならそこにたくさん」

千春は厨房にいる男どもを見る。

「おう！　あれくらいなら任せとけ！」

「俺にも食わせてくれよな！」

「俺も手伝うぜ！」

どうも、彼らもモリアンがひーひー言いながら混ぜていたのを見てたらしい。あれくらいなら問題ないと言ってくれた。

「……なら、手伝ってくれたらよかったのに」

モリアンは文句たらたらである。

「ハハハ、んじゃ足りなくなりそうだし、茹《ゆ》で卵も増やすかー」

しばらくして、手の空《あ》いた厨房メンバーに手伝ってもらい、さらに倍以上のマヨネーズと茹《ゆ》で卵ができ上がった。

「はい。では茹《ゆ》で卵を細かく砕《くだ》いて、マヨネーズと混ぜ合わせます。好みでマスタードとか入れるといいかもね。あとは塩コショウをぱっぱっぱー」

「チハルさん、塩と胡椒《こしょう》を置いていったままだが、大丈夫なのか？　高級品だぞ？」

ルノアーが尋《たず》ねる。

「大丈夫ですよ。まだあるんで、これはここに置いといてもらえると。料理しやすいですし、なくなったら補充するから、使っても大丈夫ですよ？」

「いや、王宮で使う分はちゃんとあるから大丈夫だが……」

王宮の厨房だから胡椒《こしょう》はあるが、基本的には王族用の料理にしか使わないという。

その後、でき上がった卵マヨをパンに挟んででき上がりだ。

「タマゴサンドは少ないので私たち三人が責任もって食べます。残った具はルノアーさんが好きなようにしてください」

「チハル？」

「なに、サフィー？」

「チハルは王族と昼食を食べるのよね？」

「うん、そうだよ？」

「なら、今食べなくても食べられるわよね。むしろ、今食べたらお昼を食べられなくなるわよ？」

「……え？」

「王族もタマゴサンドを食べるのよね？」

「……うん」

「はーい！　チハルさんの分は私が食べまーす！」

ここでモリアンが、千春の分まで食べようと声を上げる。

「ちょっと待って！　それは違う！　それはそれ！　これはこれ！　モリアン、私の分まで取らないで！」

「まあまあ、作り方はわかったから、侍女の分も改めて昼食で作ってやるよ」

ルノアーが助け舟を出してくれた。

「ありがとう！　ルノアーさん！」

「その代わりと言ってはなんだが、チハルさん、イーストキンはもうちょっと都合つかないかな？　多めに貰《もら》っているが、噂《うわさ》を聞いた侍女やメイド、兵士たちも食事に出ないのかって聞いてくるんだ」

「あー、そういやあの量だと、五、六回くらい作ったらなくなりそうですね。明日買って、夕方になるけど持ってきますよ。今あるやつは明日の夕食分で使い切っていいですから」

「助かる！　それじゃ、試作も兼《か》ねてみんなにも出すようにする」

「了解、その代わり、しばらくこっちでごはん食べさせてください。あれって結構いい値段するんで」

「それは大丈夫だ。たくさん作ってるから、一人分くらい増えても問題はない。しかし、チハルさんは王族と食べるんじゃないのか？」

「そんな毎日王族と夕食とか食べることないと思いますよ。お昼は王妃様に言われてるから一緒に食べますけどね」

　なにやかや言いつつ試食が終わり、タマゴサンドを食べた三人は、ルノアーにあとを任せ部屋に戻った。

「はー、作り方を教えて試食するだけのつもりが大事《おおごと》になったなあ、疲れたよ」

「でも、チハルが作ったタマゴサンドは美味《おい》しかったわ」

「私はマヨがいつでも食堂で食べられるように、ルノアーさんにお願いしておきます！」

　モリアンはマヨネーズが相当気に入ったようで、最初に作った分は野菜につけてほぼ食べ切った。

「モリアンはマヨラーの気質があるね。でもあれの作り方見たでしょ？　ほぼ油だからね、太るよ」

「え⁉」

「ふ・と・る・よ」

モリアンは『がーん！』という顔をして千春を見る。

「まあ、食べすぎなきゃ大丈夫だよ。侍女って凄《すご》く動いてるから大丈夫じゃない？」

「そうですね、モリアンは少々食べても太らないでしょう。でも食べすぎには気をつけなさいね？」

「はーい」

ろくに聞いてないなと思いながら、千春とサフィーナは目を見かわして笑った。

## 第16話　王女様！

「そろそろ移動した方がいいのではないのですか？」

サフィーナが、千春に王族との昼食の時間だと伝える。

「もうそんな時間？　んじゃあ移動しますかあ」

「行ってらっしゃい～」

モリアンは送り出そうとしたが、サフィーナが首を横に振った。

「モリアン、何言ってるの？　あなたも行くのよ？」

「え？　なんでですか？」

「……あなたもチハル様の付き人なのよ？　行くに決まってるでしょうに」

サフィーナは「まったく……」とため息をつく。

「一緒に行ってくれないと場所わかんないしね、私」

千春もそう言う。

「そういう問題ではないんですけどね。さあ、モリアン行きますよ。チハル様、行きましょう」

「なんで様付けなの？」

千春はサフィーナの態度が急に固くなったことを不思議に思った。

「王族の前で呼び捨てはできません。付き人なんですから、気を引き締めているのです」

そして、サフィーナはモリアンを見る。

「はーい！　チハル様、行きましょう！」

「はーい行きましょうねー」

千春も苦笑いで同意する。こうして三人は仲よく王族が食事をする部屋へ向かうのであった。

目的の部屋の前に着いた三人は、警備兵に声をかける。

「チハル様をお連れいたしました」

サフィーナの言葉に、兵士は扉を開け、中へ入るよう促《うなが》す。

「さあ、チハル様」

「あ、ありがとう」

サフィーナは千春を先に入れると、後ろにつき、千春が椅子《いす》に座ると、モリアンとともに壁際《かべぎわ》に立つ。

すると、また扉が開き、次男のライリーと三男フィンレーが入ってきた。

「チハル様だ！　お昼をごいっしょしてくださるのですか⁉」

三男のフィンレーは嬉しそうに問いかける。

「はい、今日の昼食は少しお手伝いさせてもらって、新しい料理が出ますよ」

それを聞いたフィンレーが嬉しそうに笑った。

「待たせたか？」

次に入ってきたのはエイダン国王陛下で、その後ろからマルグリット王妃も来た。そのすぐあとに、第一王子エンハルトが来た。

全員が席に座ったのを見計らい、執事長が料理を運ばせる。やがてテーブルの上には、タマゴサンドとコーンスープ、他には白身魚のムニエルやサラダが並んだ。

タマゴサンドとコーンスープは王族に気に入られ、とても美味《おい》しいと称賛された。

「チハル、今から魔法の特訓だったと思うけど、ちょっとだけお話ししてからでもいいかしら？」

食事が終わり、マルグリットが千春に問いかける。

「はい。『練習』は、あとからでも大丈夫です」

千春は苦笑いしながら訂正するが、マルグリットはニコニコしている。

「では、別の部屋でお話ししましょう。エンハルト、あなたも来なさい」

「はい、母上」

千春は応接室のような部屋へ通され、そこへマルグリットの付き人のエリーナが入ってきた。

「チハルはそこに座って待っててね」

マルグリットはそう言うと、エリーナに何かを伝え、自分もソファーに座った。そのタイミングでエイダンも入ってきた。何事だろうかと千春は少し緊張したが、マルグリットはずっとニコニコしているので安心した。

「それでは、少しお話をさせていただきますわね」

そして、マルグリットは千春を見つめながらこう言った。

「チハル、昨日も言いましたけど、私たちの娘にならない？」

「えぇ‼」

千春とエンハルトの声が被《かぶ》った。エンハルトは聞いてなかったらしい。

「もちろん、こちらの世界に来たときは、ということです。王族になったからといって、国の仕事をさせたり貴族の作法を無理強《じ》いしたりすることはないわ。この国においてチハルの居場所を作るのが目的の一つ。そしてチハルのことを知った輩《やから》がいらぬことを考えないように保護するためなの」

「母上！　しかし、それは無茶が過ぎませんか？」

「心配しなくても大丈夫よ。ちゃんと考えてありますから、問題ありません。あとはチハルに了承を貰《もら》えたらすぐに動きます。早ければ一大月《おおつき》（三十日）くらいで手続きが終わるでしょう」

エンハルトに答えたマルグリットは、千春に目を向ける。

「チハル、どうかしら？」

「………………」

「チハルよ、儂《わし》からもいいか？」

エイダンが口を開いた。

「……はい」

「儂《わし》はチハルに、この国で不自由のない暮らしをしてもらおうと思っておる。もちろん異世界の知識や技術でこの国が発展できればという打算もあるがな。ゆえに爵位を与え、国の相談役のような立場でお願いしようと思っておった。だが、マルグリットの案を聞いて、こちらの方がチハルにもいいのではと考えたのだ。なにしろ異世界との行き来は王宮内であるし、魔導師団の棟という安全な場所だ。今後の詳しい話はマルグリットに任せておるが、考えてもらえないだろうか？」

エイダンとマルグリットは千春を見つめる。

「あの……とてもありがたい話なんですけれど、ご迷惑ではないでしょうか？」

「迷惑なわけないでしょう。私たちがお願いする立場なのよ？　あなたは好きなときにこの国に遊びに来てくれたらいいの……どうかしら？」

マルグリットは千春の隣に座り、彼女の手に自分の手を添えて言葉を待つ。

「……はい、よろしくお願いいたします」

千春はマルグリットの手を握り返しながら見つめる。

「ふむ、儂《わし》にも娘ができたか！　チハルよ、儂《わし》にも遠慮することはないぞ、なんでも言ってくるがいい！」

ガハガハと笑いながらエイダンが千春に言う。場を和《なご》ませるように、そして優しさを伝えるように。

「では、そういうことで私はすぐに手続きに入ります。陛下は貴族たちに私の縁者ゆえ手出しは不要とお伝えください。エンハルト、あなたにも兄として動いてもらいます、いいわね？」

「はい、わかりました」

エンハルトはすぐに返事をした。それを確認したマルグリットはエリーナを見る。

「エリーナ」

「はい」

「チハルを私の部屋に。お茶を出してあげてちょうだい。あと、サフィーナとモリアンも連れてきなさい」

「はい、チハル様、どうぞこちらへ」

千春はエリーナに連れられ部屋を出る。するとサフィーナとモリアンが直立不動で待機していた。

二人は千春を見て微笑《ほほえ》む。

「サフィーナ、モリアン、あなたたちも一緒に王妃殿下の部屋へ。チハル様こちらです」

エリーナを先頭に、四人はマルグリットの部屋へ移動した。

「……」

「チハル様？　どうなさいましたか？」

様子がおかしいなと思ったサフィーナは、千春にそっと声をかける。

「サフィィイ〜〜モリアァァアン……私ねぇぇぇ……」

「はい」

「王女様になっちゃったぁぁ……」

「……（(えええ！！！！)）」

サフィーナとモリアンは、声にならない悲鳴を上げた。

## 第17話　循環と操作！

「何をどうしたら王族にという話になるんでしょうねえ」

マルグリットの部屋に向かう途中、モリアンは不思議そうに言った。

「私が聞きたいよ。ちょっとあっちの世界のこと教えただけなのにねー」

千春も不思議そうに返事をした。

「チハルは嫌なんですか？」

「嫌じゃない……多分。ただ嬉しさ半分、不安半分、混乱半分……」

「何個半分があるんですか……」

呆《あき》れたようにサフィーナが千春にツッコミを入れる。

マルグリットの部屋に着くと、侍女三人はお茶とお菓子の準備を始める。

「メグ様はいつ頃帰ってくるのかなあ」

つい愛称で呼んでしまい、サフィーナとモリアンは目を見開いた。マルグリットを愛称で呼ぶのは、エイダンとマルグリットの両親くらいだからだ。

「そんなに時間はかからないと思いますよ。連絡をとられるだけだと思いますので」

エリーナは淡々と答える。行先を知っている様子だった。

「んー魔法の練習でもしてようかなあ。アイテムボックスの検証もしてないんだよねー。あれからバタバタしちゃったし」

千春は目の前にアイテムボックスを開けた。一度開けたからか、スムーズに開く。

「サフィー、そのティースプーンを二、三本貸してもらえる？」

「はい、どうぞ」

「ありがとう……鑑定」

鑑定をかけたティースプーンを穴の中に一本、二本、三本と入れる。そして穴を閉じた。

「うん？　穴を開けるのにＭＰを使うんだね。数は関係ない……あれ？　ＭＰが４しか減ってない。消費ＭＰが減った？」

「一度使った魔法なので魔力操作が上手にできたのではないですか？」

サフィーナが言った。

「何？　魔力操作って」

「体内の魔力を循環させて、効率よく魔力を使う方法ですよ。ローレル様に習いませんでしたか？」

「聞いてない！」

サフィーナは常識であるかのように言ったが、千春は習っていなかった。

「魔法を使うときの基本中の基本なので……ローレル様は知っていると思ったのでしょうか？」

「ローレル様は天才だから、多分他人もすでに知ってるか使えると思い込んでるんじゃないですか？　教えるのヘタですもん、あの方」

基本だと言うサフィーナと結構辛辣《しんらつ》な物言いをするモリアン。

「で、魔力操作とか循環ってどうやってするの？」

「それは、私たちよりもマルグリット王妃に習う方がいいと思いますよ？」

エリーナがそう答える。

「へえー。さすが王宮魔導師団長の先生。んじゃ、無駄にMPを使わず、大人しく待ってましょう」

千春は淹《い》れてもらったお茶を飲むことにする。

「うまあ……はあ、あーーーーーー王女様になったのを思い出してしまったぁぁぁ……」

侍女三人は、千春を見ながらクスクス笑う。その後、千春は彼女らと王族になったらどうなるか、あーだこーだと説明を聞きながら、マルグリットを待った。

やがて、マルグリットがやってきた。

「待たせたわね。あら、楽しそうね、私にもお茶を淹《い》れてもらえるかしら？」

彼女はテーブルを挟んで千春の前に座る。

「さて、魔法の特訓だったわね」

「練習です」

ニッコリと微笑《ほほえ》むマルグリットと、眉間《みけん》に皺《しわ》を寄せつつも笑って答える千春。

「フフッ、冗談《じょうだん》よ。ローレルはどこまでチハルに魔法を教えたの？」

「私が持っている魔法の属性の確認と発動できるか、あと無属性魔法ですね。ローレルさんが知らない無属性魔法が使えてしまって、その検証とかちょっとやってました」

「へえ、どんな魔法なの？」

「空間魔法だと思うんですけれど、あっちの世界の異世界召喚とか転生する人物はもれなく持ってるチートスキルです」

「なにそれ聞いたことないわ。検証っていうことは、チハルは使えるの？」

「はい、私はわかりやすくアイテムボックスって言ってます。さっき入れたティースプーンを出しますね」

そう言いながら、千春は両手を前に出し、手の平に穴を出す。

「ん？　あ、何が入ってるかわかるようになってる！　まあ、いいや。出しますね」

千春が（出てこいー）と念じると、三本のティースプーンが穴から落ちてきた。

「凄《すご》いわね。チハルが使える属性は聖と水と風だったわね。そう考えると、無属性なんでしょうね」

「はい。とりあえず、この魔法が上手く使えると便利だなーと」

「どれくらいの量が入るのかしら？」

「まだ調べてないのでわからないんですが、今開けた感覚だと、そんなには入らないっぽいです。あと前回は気づかなかったんですけど、何が入ってるかわかるようになってました」

「チハルの魔力量はどれくらいなの？」

「……鑑定。最大が……増えてますね、50です。で、今の残りが39です」

「あら、思ったより少ないわね」

「でも、ここに来たときよりも増えましたよ。最初43だったんで」

「あら、二、三日でそんなに増えたのね。今まで使ってなかった状態だから、赤ちゃんと一緒で、使えば使うほど増えるわよ。まあ限度はあるけど」

マルグリットは微笑《ほほえ》み、お茶を飲む。

「それに、魔力循環していたら、消費魔力も減るし、回復もしやすいわ。チハルはまだ基礎が身についてないから、それだけでも上限は上がるんじゃないかしら？」

「それが、まだ魔力循環とか魔力操作を教えてもらってないんです……」

「……ローレルからは？」

「……教えてもらってません」

「あのバカ、何してるのかしら。基本も教えずに何考えてるのかしらね。あの子にはあとで指導しておきます」

「お手柔《てやわ》らかにお願いします」

マルグリットから黒いオーラが見えた気がした千春は、穏便《おんびん》に済めばいいなーと思った。

「それじゃ、基本から行きましょうか。魔力循環と魔力操作ね。基本は同じ。循環は体内、操作は体から出た魔力に対するものと思ってちょうだい。循環に関しては、魔力を感じられるなら半分できているようなものよ。その魔力を感じながら、手の平、指先、足の先と流れるようにしていくだけ。でも、これができないと、効率よく魔法は発動できないわ」

そう言うと、マルグリットは両手を軽く広げて前に出し、水を出した。

「今魔法で出した水を操作して、形を変えたり動かしたりする。これが魔力操作ね。魔法力も上がるわよ。操作ができてないと、そのまま流れ落ちるわ」

マルグリットは手元の水で花を模《かたど》り、それから小鳥の形に変える。

「うわぁぁ！　綺麗《きれい》です！」

「フフッ、そして水の上級魔法になると……」

マルグリットの手の平に留まった水の小鳥が凍《こお》りついた。

「氷の魔法が発動できるようになるわ」

マルグリットは氷の鳥をテーブルの上に置いた。

「ではチハル、ちょっと練習してみましょうか。水よりも風の方がやりやすいわ。風を動かしてみましょう」

彼女はテーブルの花瓶《かびん》にある花びらを一枚取り、テーブルの上に置く。

「チハルはこの花びらを軽く浮かせて、クルクル回してみて？」

「はい！」

千春は、下からすくい上げるようなイメージと、浮き上がったら時計回りに渦《うず》を巻くようなイメージで、魔法をかける。

花びらが少し浮き、ゆっくりだがクルクルと回る。

「上手だわ。最初だから、せいぜい浮かせるくらいかと思ったのに、才能あるわね。最初は簡単な魔法で魔力を消費しないように練習してみて。魔力が切れて辛《つら》くなるようだったら、残った魔力を体の中で循環させて練習。これが基本ね」

「はい！　頑張《がんば》ります！」

上手に魔法を発動でき、褒《ほ》められて嬉しい千春は、魔力操作をしながら元気よく返事をした。

「ところでメグ様」

「何？」

「入ってこられて普通に魔法の練習が始まりましたけど、養女の説明とかはないんですか？」

「ないわよ？　さっき話したじゃない」

「詳しくはメグ様にって国王陛下も言ってましたし、それに急に娘にって言われてもビックリするじゃないですか」

「急じゃないわよ？　昨日言ったわよね？　娘にならないかって」

「……はい、言いました。急じゃなかったです。でも、冗談《じょうだん》かと思うじゃないですか」

「そんな冗談《じょうだん》は言いません。それに、メグ様じゃなくて、お母様じゃないのかしら？」

マルグリットはクスクス笑いながら千春に問いかける。

「まだ手続きが終わってないじゃないですか！　いきなりは無理です！」

「でも寝言で言ってくれてたじゃない」

「わあああ！！！」

千春は夢のことを思い出し、顔を真っ赤にして叫《さけ》んだ。

「ほら、魔法が止まって花びらが落ちちゃったわよ、はい！　特訓よ！」

「練習ですよぉぉぉぉ……」

千春のＭＰが尽きるギリギリまで、特訓という名の練習が続いたのであった。

## 第18話　唐揚げ！

「はい、それじゃ今日はここまでね」

マルグリットは魔法の練習を終わりにした。

「ありがとうございました」

疲れ果てた千春は、マルグリットに頭を下げた。

「それを続けていけば魔力量も威力も上がるわ。頑張《がんば》りなさいね」

「はい」

マルグリットは一つ頷《うなず》き、千春に問いかける。

「それで？　今日はこれからどうするの？」

「明日の準備とか宿題とか色々あるので帰ります」

「あら残念だわ。今日もいたらよかったのに」

本当に残念そうにしているが、マルグリットは無理強《むりじ》いはしないようだ。

「では今日は帰ります。ありがとうございました」

「何かあったらすぐ言いなさい。遠慮しないでいいのですからね？」

「はい」

千春は嬉しそうに答えると、サフィーナとモリアンとともに、マルグリットの部屋を出た。

「はあああ、本当に特訓だったよー」

「でも基礎は大事ですから。それじゃ、今日はあちらに帰りますか？」

サフィーナが聞いた。

「うん、宿題とかあるし、今日はさすがに帰らないとねー」

三人は話をしながら門のある部屋に戻ると、お別れの挨拶《あいさつ》をする。

「明日夕方にまた顔出すよ。ルノアーさんに渡すものがあるし」

「わかりました。私たちは一応、チハルがいないときも待機するようにとのことですので、いつでも声をかけてくださいね」

サフィーナが千春に言った。

「うん、わかったー、また明日ねー」

千春は手を振りつつ、クローゼットの扉を閉める。

「はあああああ！　疲れたあああ！　……宿題しよっと」

宿題を終わらせてから軽い食事を作り、早めにお風呂に入ると、早々に布団に潜り込んだ。

「明日は学校終わったら……買いものして……いーすとかってぇ……」

★

「おはよう！　ヨリ！」

千春は学校に行く途中で、向井頼子に会った。

「おっはよー、はい、千春のマフラーだよ」

頼子は千春に紙袋を渡す。

「ありがとー！」

千春は袋からマフラーを取り出し、首に巻く。

「んー肌触《はだざわ》りもいいねー。タグも取ってくれてる。ありがとう、ヨリ」

「うん、多分すぐ巻くだろうなと思ってね」

二人はそのまま学校に向かった。


「あー来週期末テストじゃん。千春は勉強できるからいいけど、私やばいわー」

「平均超える程度で、できるとか言われてもなあ……」

昼休みになり、売店で買ったパンを食べながら、二人は話をしていた。

「ヨリさー、異世界ものの小説を結構読んでるじゃない？　行ったり来たりできるやつでさ、向こうの金貨を持ってたら、こっちの世界での換金ってどうやってしてる？」

「んー海外に持っていくとか怪しい古物商とか……普通にはできないね。何かしらの伝手《つて》がなければ宝の持ち腐《ぐさ》れパターン」

「そりゃそうだよねー」

千春は異世界に胡椒《こしょう》や砂糖を持ち込んで売ろうと思っていたが、向こうのお金を貰《もら》っても、こちらで買いものができなければ意味がないということに気づいたのだ。

「ヨリならさー、異世界に行ったり来たりできるなら何する？」

「こっちのものを売って向こうで金持ちになる」

「お金持ちになれるほどこっちにお金ないじゃん」

千春は苦笑いしながら突っ込む。

「まあ、ぶっちゃけて言うと、女子高生どころか、大人だって異世界と往復できても、こっちのお金への換金なんて無理だよね」

「現実は世知辛《せちがら》いですにゃぁ……」

千春は、頼子なら何かいいアイデアがあるかと思ったが、やっぱりないらしい。

そして、学校が終わり、帰り道にある量販店と業務用のスーパーで買い出しをする。

「えーっと、ドライイーストとー、塩、胡椒《こしょう》、砂糖っと、あとはー、あ！　紅茶買っていこ～♪」

買い出しを済ませた千春は、財布の中身を見てちょっとうなだれた。

「くっ……塩と砂糖はキロ単位でも大丈夫だけど、イーストと胡椒《こしょう》はたっかいなあ」

そうぼやきつつ、帰り道をトボトボと歩く。歩いている間、昨日教えてもらった魔力循環をする。

「こっちに来るとすっごいやりづらいなあ。なんでだろう？　魔法も全然発動しないし、体内魔力もちょびっとしかわかんないんだよなー」

それでも、手先やら足元に少しだけ魔力を感じながら帰宅した。

「はー！　ただいまっと！」

荷物を台所に置き、ドライイーストを小さな袋に入れ、クローゼットの扉を開ける。

「おかえりなさい、チハル。可愛《かわい》い服ね、それが学校の制服なの？」

「うん、そうだよ。サフィー、ただいまー」

千春は中に入り、テーブルにドライイーストを置く。

「これをルノアーさんに持っていくんだけど、ついでに晩ごはん食べて帰りたいんだよねー」

買い出しのお金を浮かせるために、千春は食事を異世界で済ませたかった。

「夕食？　王様たちと？」

「違うよ？　食堂で食べるよ。材料貰《もら》えるなら、自分で何か作るけど」

「チハルさんが作る夕食かあ。いいなあ」

サフィーナはてっきり王族と食べるものだと思っていて、モリアンは千春の料理が食べたいらしい。

「よし！　サフィーとモリアンの食材も貰《もら》えるなら作ってあげよう！」

「やったー！」

「それは嬉しいけど、付き人が作ってもらうって、ちょっと問題が……」

モリアンが素直に喜ぶ一方、サフィーナは難色を示した。

「いいじゃん。作るのは別に苦じゃないし、食べてもらえるの嬉しいし、問題なーい」

それじゃあ早速行こうかと、三人は袋を持って厨房へ向かう。

「こんばんはー！　ルノアーさんいますかー？」

「おー、いらっしゃい、チハルさん」

「はい、頼まれてたドライイーストだよー。そして、報酬として夕食をいただきに参りました」

「おう！　なんぼでも食っていってくれ！　こんなもんじゃ代わりにすらならんだろうけどな」

「えっと、よかったら材料貰《もら》って作ってもいいですか？　三人分なんですけど」

「ん？　何か作るのか？　だったら、左のところ使っていいよ。食材も三人分くらいなら好きなように使ってくれ」

ルノアーは、空《あ》いているコンロを指さした。

「よーし、それじゃ材料はっと……鶏肉と豚肉《ぶたにく》？　ルノアーさん、この肉は豚？」

「それはオークだな、そっちの鳥は鶏《にわとり》だ」

「オーク！　え？　魔物？」

「ああ、魔物だが食べられるぞ。さすがに王族の食卓には出さんが、食堂では普通に使ってるぞ」

「へえ、味はやっぱり豚なのかな？」

「質のいい猪の肉だな、ブタってのは猪《いのしし》か？」

「あー豚はいないのか。代わりにオークねー。今日は鶏肉を使わせてもらおうかな」

千春は鶏肉を受け取りに行く。

「もも肉を四枚くらい貰《もら》いますね……この骨は捨てるんですか？」

「骨は捨てるぞ。使い道なんてないだろう」

「イヤイヤイヤイヤ、もったいないですよ！　だからスープも味気《あじけ》ないんですよ！　ちょっと教えるから人員貸してください！」

「お、おう、ちょっと待ってろ」

そう言ってルノアーは、野菜の皮を剝《む》いていた若い女の子を連れてくる。

「ほい、シャリー。お前、ちょっとチハルさんの手伝いしてくれ」

「はい、わかりました」

「シャリーさん、よろしくね。んじゃ、早速その鶏ガラを綺麗《きれい》に洗ってください。血と内臓も綺麗《きれい》に取ってね」

「はい……」

『ゴミを？』と言わんばかりに、シャリーは気が進まないような返事をする。千春は鶏ガラスープのレシピを思い出しながら、材料をかき集める。

「よし、ネギに生姜《しょうが》っと。お酒は料理酒とかないよねえ。白ワインでいっか」

大鍋に水を入れ、火をつける。その間に、自分たちの晩ごはんの準備も進める。

「よーし！　唐揚げ作るぞー！」

「『カラアゲ？』」

サフィーナとモリアンは『何それ？』という顔で千春を見ている。

「そ、唐揚げ。簡単だし美味《おい》しい。私の知っている限り、唐揚げを嫌いな人はいない！」

千春は喋《しゃべ》りつつも、もも肉を五等分に切り分け、ボウルに入れる。

「ほんで、ニンニクと生姜《しょうが》をすりおろして塩コショウとワインを少々。ダシを持ってくればよかったなあ。ルノアーさん、鍋に油いっぱいくださいなー」

「そこの瓶《びん》が油だ、好きに使ってくれ」

「はーい」

ドボドボとちょっと大きめの鍋に油を注ぎ、火を入れる。

「小麦粉はあったけど、片栗粉《かたくりこ》あったっけ？」

「片栗粉《かたくりこ》か？　あるぞ、そこの袋がそうだ」

ルノアーが片栗粉《かたくりこ》の袋を持ってきてくれた。

「ルノアーさん、暇なんですか？」

「暇なわけがないだろう。もう少ししたら、昼勤の兵士たちが夕食を食べに来るからな」

「んじゃ、なんでずっとここにいるんですか？　助かりますけど」

「そりゃ、チハルさんが何作ってるか気になるからな。美味《うま》いものだろうし、覚えて損はないだろう？」

「……いいですけどね」

気を取り直して、千春は片栗粉《かたくりこ》と小麦粉を混ぜ合わせ、卵と水を入れバッター液を作る。

「よーし準備はできたね。油は温まったかなー？」

鍋に菜箸《さいばし》を入れ、ぷくぷくと泡が出るのを確認する。

「それは何してるんだ？」

「ん？　油の温度を見てます。一回濡《ぬ》らした菜箸《さいばし》を拭《ふ》いて油に入れると泡が出ます。それで、温度がだいたいわかるんですよ」

「ほお、油煮《あぶらに》なんて作らないから、勉強になるな」

「油煮《あぶらに》……揚げものってないんですか？」

「ないな。油でギトギトになって食べれたもんじゃないだろう」

「もったいない……揚げものは大量生産できて、しかも美味《おい》しいのに」

「チハルさん、鶏骨《けいこつ》を洗い終わりましたー」

シャリーが鶏ガラをかかげて教えてくれた。

「はーい、それじゃお湯が沸《わ》いたら、小さい方に数十秒入れてから、水を切ってね」

「わかりましたー」

「お湯に入れてすぐ上げるのか」

ルノアーの質問に、千春は頷《うなず》く。

「そそ、アクが出ますので。軽くアク抜きして、あとは鶏の骨をバキバキに折って、さっきの野菜と煮込《にこ》みます」

「できるのはスープか？」

「そ、鶏ガラスープ。色々な料理のベースにもなるから、大量にあっても大丈夫ですよ」

「ほう、鶏の骨は捨てないほうがよさそうだな」

「うん。余ったら冷凍しといてもらえれば、あとで他の使い道も教えますよ」

「わかった」

「それじゃ、油がいい感じなので、こっちは唐揚げを作りまーす」

千春は鶏肉にバッタ液を入れ混ぜ合わせる。その後、丸めながら泳がせるように油の中へ入れていく。ジュワァといい音を立てながら、鶏肉が揚げられる。

「油が跳《は》ねるわよ？　チハル、大丈夫？」

サフィーナが心配そうに言うが、千春は笑ってみせる。

「大丈夫～。油跳《は》ねが怖くて揚げものができるかーい」

それからも、次々と鶏肉を投入していく。

「こんなもんかな？」

千春は少し色がついてきた唐揚げを、油切りに置いていく。

「でき上がり？」

モリアンは涎《よだれ》をたらしそうだ。

「まだだよー、二度揚げするからねー。一度引き上げて中を余熱で温めてから、もう一度揚げるんだよ。これで、中はジューシー、外はカリッとするんだよ」

「「「へぇ～」」」

サフィーナとモリアンに続き、傍でまだ見ているルノアーが感心していた。

もう一度油に唐揚げを入れ、コロコロと泳がせる。やがて気泡が大きくなり唐揚げが浮いてきたところで、また油切りに置いていく。

「できたの!?」

モリアンがまた聞いてくる。

「できたよー」

千春は油を切っている唐揚げを一つ取り、まな板に置いてナイフで四分割し、一つをモリアンの口に入れた。

「はっふはふはう！」

「あ、熱いから気をつけてね」

「チハル、そういうのは入れる前に言うものよ？」

サフィーナが呆《あき》れたように言う。千春はわかってまーすと言わんばかりに、ぺろっと舌を出す。

「うまあああああい！」

食べ終わったモリアンが叫《さけ》んだ。

「「モリアンうるさい」」

千春とサフィーナは冷静に返しつつ、味見用の唐揚げを食べる。

「……うん、いい感じ」

「チハル、めちゃくちゃ美味《おい》しいわ、カラアゲ」

「俺もいいか？」

「お、ルノアーさん。どうぞー」

ルノアーもつまんで口に入れる。目を瞑《つむ》り咀嚼《そしゃく》しながら、何かを考えているようだ。

「うまい！　全然ギトギトしてないな。油が美味《うま》さを引き立てている。作るコツは、油の温度と二度揚げか」

「あとは切る大きさです。小さいと固くなりやすいし、大きいと中に火が通る前に周りが焦《こ》げちゃうから気をつけてくださいね」

「わかった。これは何人か覚えさせるようにしよう」

ルノアーは、忘れないようにか、メモを取り、色々確認していた。

「それじゃ、鶏ガラスープの方の最後の指示をしてから、私たちも晩ごはんにしよっか」

「では、私はパンを貰《もら》ってきますね」

「私は？」

サフィーナがパンを取りに行く一方で、モリアンが尋《たず》ねた。

「モリアンはマヨネーズを貰《もら》ってきて。唐揚げにマヨネーズは超合うよ」

モリアンはすぐにマヨネーズを取りに行った。

そして、千春はシャリーにあと一時間は弱火で煮詰《につ》めてアクを取るように頼んだ。シャリーは目を見開いたあと、諦《あきら》めたように一言「はい」と答え、鍋を見つめる。

「さあ、食べましょう！」

三人はテーブルに陣取り、でき立ての唐揚げと焼き立てのパンを食べる。

「んっまあああああい！！！！」

「「モリアンうるさい‼」」

マヨネーズをつけた唐揚げを頬張《ほおば》りながら叫《さけ》ぶモリアンを、二人は何度も叱《しか》った。

## 第19話　鶏ガラ卵スープ！

「はああ美味《おい》しかったー！」

「お粗末様です」

モリアンは大満足のようで、千春も嬉しかった。

「揚げた鶏があんなに美味《おい》しいなんて知りませんでした」

「モリアンはマヨネーズをつけたら、なんでも美味《おい》しいんじゃないの？」

「それは言えてますね。あんまり食べすぎたらだめですよ」

「はーい！　わかってまーす」

千春もサフィーナも、きっとわかってないなと、目を合わせ笑う。

「チハルさん、そろそろ鶏骨いい感じじゃないですか？」

一時間ずっと鍋を見ていたシャリーが千春に言いに来た。

「そうだね。本当は三時間くらい煮《に》たいけど、そうしたら王様たちの夕食に間に合わないだろうし、ちょっと味見してみようかー」

千春は厨房に入り、鍋を覗《のぞ》き込む。

「うん、いい感じだね。ちょっと小鍋を借りますね」

「お？　できたのか？」

ルノアーが気づいて見に来た。

「うん、いい感じでできたんじゃないかなーと。だいたい一匹分の鶏ガラで一リットルくらいのダシを出す感じで、水を調整しながら作ってください」

小さな器に味見用で少しとる。

「はい。ルノアーさん、ちょっと飲んでみてください」

「ありがとう……うん、鶏の骨を煮込《にこ》むだけで、これだけ風味が出るんだな」

「ちょっと味の調節をしますね。これに、塩を少し入れます。あと、胡椒《こしょう》もぱらっと入れましょうか」

そうしてから、再び小さな器にちょびっと入れ、千春も飲んでみる。

「うまっ。めっちゃ味出るね、この鶏」

そう言って、鶏ガラスープを、ルノアーにも勧める。

「はい、ちょっと飲んでみてください」

ルノアーは受け取り、味見をする。

「……美味《うま》いな！　塩と胡椒《こしょう》を入れるだけで、こんなに味が引き立つのか！　もうこれだけで十分スープとして出せるな」

「そうですよー。これ今まで捨ててたんですよー。もったいないでしょ」

千春はさらに卵を一つ器でかき混ぜて溶き卵にし、それを流し込む。

「そんで、ここに水溶き片栗粉《かたくりこ》を入れまーす」

軽く沸騰《ふっとう》させ、中華風な卵スープを作る。

「モリアン、小さい器を五個持ってきてー」

「はーい」

そして、器に卵スープを入れ、まずシャリーに渡す。

「はい、シャリーちゃんが一時間頑張《がんば》ってアク取りしたスープのでき上がりだよ。この卵スープは一番に飲ませてあげよ～」

千春はほいっとシャリーに手渡す。シャリーはゆっくり飲んだ。

「美味《おい》しい。めちゃくちゃ美味《おい》しいです！」

「頑張《がんば》った甲斐《かい》があったでしょ。このスープをベースに、色んな料理ができるからね」

千春は説明しながらルノアー、サフィーナ、モリアンの分も注ぐ。

「はい、風味づけでゴマ油を垂《た》らすと、香りがよくなるよ」

「ゴマ油か。聞いたことはあるな。商会に話して取り寄せてみるか」

ルノアーもトロミのついた玉子スープを飲む。

「凄《すご》いな。塩と胡椒《こしょう》のあとに卵と片栗粉《かたくりこ》を入れるだけで、またこんなに変わるのか。勉強になるな」

「こっちは暖かいから、トロミなしの方が飲みやすいかもしれませんね。冬はスープが冷えにくいし、温まりますよ。それじゃ、その大鍋に入ってる鶏ガラを捨てるので、一回他の鍋に移しましょうか。中の野菜と骨は捨てちゃっていいですからね」

「わかった、それじゃあ……」

「私が最後までやります！」

ルノアーが他の人に声をかける前に、シャリーが手を挙げた。

「おう、それじゃ、その鍋にスープだけ移し替えてくれ」

「はい！」

自分が手をかけたスープが思いの外美味《ほかおい》しかった。シャリーはそれが嬉しくて、笑顔でルノアーに返事をする。

「ちょっと塩とか入れただけで、こんなに美味《おい》しいスープができるのに、まだ他にも作れるの？」

サフィーナが千春に問いかける。

「うん、クリームシチューとか煮込《にこ》みとか色々作れるよ」

「食べたい！」

「今日の千春食堂は店じまいでーす。帰って勉強してお風呂入って寝まーす」

「えええ！　……いたっ！」

ブーイングをしたモリアンに、サフィーナの脳天チョップが炸裂《さくれつ》した。

「チハルも忙しいんですよ。わざわざ二品も料理を教えてくれたのに、文句を言わない！」

「はーい、チハルさん、ごめんなさい」

千春は何も言わず微笑《ほほえ》み、チョップされたモリアンの頭をナデナデしてあげる。

「モリアンが美味《おい》しそうに食べてくれるのを見るのは楽しいから、また何か作ってあげるよ。今日は帰るけどね」

「チハルさん、このスープを今日王族に出してもいいか？」

ルノアーが千春に問いかけた。

「いいですよー。そのつもりで簡単な料理にしましたからね。ちょっと時間がかかってもいいなら、色々作れるんだけど、今日はちょっと買いものして遅くなったから、明日は早めに来て、手の込んだ料理作ってみるのはどうです？」

「いいのか？　それじゃ、明日は早めに鶏ガラスープってのを作ってこの状態にしておくからよろしく頼む」

「おっけー！　冷蔵庫に入れてたら二、三日は保《も》つけど、作れるなら使い切ってもいいですからね」

「ああ、兵士や侍女の夕食にも出してやるとするよ」

千春が食器を片づけようと思ったら、サフィーナがもう片づけていた。さすが侍女、気が利く。

モリアンはスープを濾《こ》しながら移し替えているシャリーを見ていた。千春が苦笑し、(働けよお前)と内心で思いながら、帰る準備をしていると――

「チハル様」

「うわぁ！！　……な、なんですか？　エリーナさん」

後ろに王妃の侍女エリーナが立っていた。

「急に申し訳ありません。王妃殿下がお呼びですが、いかがいたしますか？」

「それは任意でしょうか……強制でしょうか……」

「『なぜこちらに来てるのに顔を出さないのかしら。呼んできて』とのことです」

（もう強制じゃん……）と千春は思った。助けてほしくてチラッとサフィーナを見たら、スンとしたすまし顔で目を瞑《つむ》っていた。

モリアンも明らかにこっちに振るなと言わんばかりに、斜め上を見ている。

「……はい、お伺《うかが》いします」

「では」

千春はエリーナに連れられ厨房を出る。サフィーナとモリアンもついてきた。

数分ほど歩き、見覚えのある扉に辿《たど》り着《つ》いた。もちろんマルグリットの自室である。

「チハル様をお連れしました」

エリーナは返答を待たず、扉を開く。

「いらっしゃい、チハル」

マルグリットの口元は笑っているが、目が笑っていない。これは結構怒ってるなー……と千春は感じた。どう切り抜けるか？　そこで、まだ早いからと自重している言葉を口にした。

「ただいまかえりました……オカアサマ」

「！！！　あらあらあらあら、お帰りチハル。こっちに来てるって聞いたのに顔を出してくれないから寂しかったじゃない！」

効果大！　クリティカルヒットであった。

「あの、来週から試験で平日は勉強しないといけないので、夕食をとったらすぐ帰る予定なんです」

「そうなの？　そういうことなら言ってくれたらよかったのに。夕食は一緒に食べるの？」

「今日はもう食堂でいただきました。少しですが、料理長に新しいレシピをお教えしましたので。今日のスープは美味《おい》しいですよ」

マルグリットの機嫌が直りホッとしながら、今日のスープの話で誤魔化《ごまか》す。笑顔は忘れない。

「それじゃあ、試験が終わるまでは私も我慢するわ。でも、七日に二度お休みはあるのでしょう？　そのときはおいでなさい。『お母様』と一緒に過ごしましょうね」

ニッコリと微笑《ほほえ》んでいるが、千春はかなりの圧を感じていた。今断ったらまた眉間《みけん》に皺《しわ》がよるだろうな……と。

「……はい、土曜……五日後にお伺《うかが》いします」

「待ってるわ。それじゃ夕食は楽しみね。フフッ」

「それでは、失礼いたします」

千春はペコリと頭を下げ、扉に向かうが、途中で後ろからそっと抱きしめられる。

「メグ様？」

「あら、お母様じゃないの？　でも呼んでくれて嬉しかったわ。こちらに来たときは、できたら顔を見せてほしいの。またいらっしゃいね」

「はい」

千春は抱きしめられて心が温かくなり、笑顔で返事をする。そしてマルグリットの部屋を出ると、サフィーナとモリアンを連れ、門の部屋まで帰り着いた。

「生きた心地がしませんでした」

モリアンがブルッと震えた。

「そりゃ、ちょっと怖かったけど、なんとか切り抜けられたからよかったわ。今度から怒られそうなときは、あれで逃げよう」

「チハル、何度も使うと効果ないわよ？」

サフィーナはまったく……と言わんばかりに千春を見る。

「あれが氷の魔女……片鱗《へんりん》を見ました……（ボソッ）」

「モーリーアーンー」

モリアンが呟《つぶや》くと、サフィーナが脳天チョップをかました。

「痛ーい！　サフィーナのチョップ痛い！」

「あなたがいらないことを言うからでしょう。不敬罪で罰せられますよ？」

サフィーナがモリアンを窘《たしな》める。

「で、氷の魔女って何？」

千春が尋《たず》ねた。

「「……」」

侍女二人は黙る。

「うん、言えないのね。んじゃ、誰に聞いたら不敬罪とか関係なく教えてもらえそう？」

「ローレル王宮魔導師団長ですかね？」

自分の失言を棚に上げ、モリアンがさらっと言う。

「おっけー。聞かなくてもなんとなく想像できるけど、聞けそうなときに聞いてみよっと。それじゃ今日は帰るから、お仕事お疲れ様！　明日は学校が終わったらすぐ帰るから、六時くらいには来るね！」

「はい、午後二鐘《にかね》頃ですね、了解いたしました。それでは、お休みなさいチハル」

「チハルさんまた明日！　お休みなさーい」

三人は笑いながら手を振り、千春はクローゼットの扉を閉める。

「はー、メグ様を怒らせたらヤバいってことはよくわかったわー。さーて試験勉強しますかね！」

そう言いつつも、千春は後ろからハグしてもらったことを思い出し、ニヤニヤしながら机に向かった。

## 第20話　クリームシチュー！

「たーだいまっと」

学校を終えてまっすぐ帰ってきた千春は、ハイウエストジーンズとトップスのラフな格好《かっこう》に着替える。

「今日は塩と砂糖と胡椒《こしょう》……紅茶も持っていくかなー」

クローゼットの扉を開けると、侍女二人とローレルが部屋にいた。

「ただいまー」

「「おかえりなさいませ」」

「こんばんは、チハルさん」

三人は笑顔で挨拶《あいさつ》を返した。

「ローレルさん、久しぶりー。報告は無事終わった？」

「はい、後日ハース伯爵が現地の者を連れて、詳しく話をしに来るそうです。それ次第で、またお聞きすることもあるかと思います」

「了解！　そのときはこの部屋の方がすぐスマホで調べられるから、ここでお願いしていい？」

「はい、わかりました。でも、この部屋には異世界の門がありますから、隣の部屋にしましょう。改装が進んでいますので。あと、魔法の基礎をお教えしてませんでした。申し訳ありません」

苦笑いをしたローレルが、深々と頭を下げた。

「メグ様に何か言われた？」

聞きながら、千春は持ってきた荷物をテーブルに置く。

「それはもう……コッテリと絞《しぼ》られました」

「あははは！　どんまーい！」

ケラケラと笑って励ます千春だが、ローレルは泣きそうだった。

「それで、ローレルさんはその報告のためだけに待ってたの？」

「はい、そうです。大事な案件なので、報告せねばとお待ちしてました」

「それじゃ、私たちは厨房に行こうか」

「チハル、今帰ってきたばかりでしょう？　一息ついてからでもいいのでは？」

サフィーナは千春を気遣って言った。

「んー、あ、それじゃこの紅茶を淹《い》れてくれる？　向こうで買ってきたんだー」

紅茶を渡されたサフィーナは、蓋を開ける。軽く香りを嗅《か》ぎ、準備を始めた。

「それじゃ、私はこの調味料を持っていきましょうか？」

モリアンが、千春の持ってきた塩などを持ち上げた。

「あ、モリアン、それはそのままここに入れてちょうだい」

千春はアイテムボックスを開いた。

「はい。全部入れますか？」

「うん、砂糖と胡椒《こしょう》も入れちゃって」

モリアンはそっとアイテムボックスの穴に入れていく。

「安定して開けるようになりましたね。練習したんですか？」

「魔力操作は向こうで毎日やってるけど、魔法自体は発動できないんだよね。できたら向こうで入れてくるんだけどね」

「あちらの世界では何かしらの制限か、魔法に対する負荷がかかるのかもしれませんね」

「まあ、今んとこは向こうで使えなくても問題ないし、いいんじゃない？　こっちで使えれば十分だよ」

アイテムボックスを閉じ、サフィーナが淹《い》れた紅茶を飲みながら、少し雑談をする。

「よし、厨房へ行こうかー」

「あ、チハルさん、厨房は王宮の方ですよね？　魔導師団の方が近くないですか？」

「そっちは知ってる人がいないし、王宮の方なら王様たちが食べるものも作れるじゃない」

「そう言えば、魔導師団の厨房は紹介してませんでしたね」

「うん」

ローレルもハハハと笑った。彼は職務に戻ると言って帰っていき、千春たち三人は王宮の厨房へ向かった。

「ルノアーさん、来ましたー」

「おう、いらっしゃい。準備はできてるぞ。他に何が必要か言ってくれれば揃えるが」

ルノアーは鶏ガラスープを千春たちに見せた。

「今日はクリームシチューっていうスープを作るんだけど、王様たちの分と他の人の分も作ります？」

「もし作れるなら作ってやりたいな。必要な材料は？」

「その鶏ガラスープと同じくらいの量の牛乳はあります？」

「いや、大鍋だと、半分くらいの量しかないな」

「それじゃ、その牛乳全部と倍の鶏ガラスープを使って具を多めに入れれば、大鍋二つ分は作れそうですね」

「了解。それじゃ大鍋を二つに分けておこう、シャリー、聞いた通りだ。もう一つ大鍋を準備して、鶏ガラスープを移してくれ」

「はい！」

今日もシャリーが鶏ガラスープを作ったみたいだ。アク取りは大事だからねーと、千春も笑みがこぼれる。

「それじゃ人参と玉ねぎとジャガイモと鶏肉を使おうかな」

「王族にも出すんだよな？　ジャガイモはダメじゃないか？」

「なんでです？」

ルノアーが止めたことに、千春は首を傾《かし》げる。

「たまにだが、腹を壊すことがあるからな。王族には出してないんだよ」

「あーこっちはそれ知らないパターンかー。ジャガイモが緑色に変色してたり芽が出たりしているところは毒があるから、そこをしっかり取って使えば大丈夫ですよ」

「そうなのか⁉　それはいいことを聞いた！」

「ジャガイモはトロミも出るし、シチューには入れたいから、準備してもらっていいですか。一応品質チェックはしておきますので」

「わかった」

ルノアーが材料を揃えていく。千春は調味料を集めつつ、指示を出す。

「じゃあ野菜は全部皮を剥《む》いて、一口で食べられるくらいのサイズにどんどん切っていってくださーい。玉ねぎは千切りにして、別にしといてくださいねー」

材料を持ってきた男性たちが、今度はどんどん皮を剥《む》いて切っていく。

「鶏肉はどうする？」

ルノアーは千春にもも肉を見せた。

「それも一口大に切って、一度バターで炒《いた》めてもらっていいですか？」

「全部か？」

「全部です」

「よし、その二班に分かれて肉を炒《いた》めろ」

ルノアーは数人に指示をしながら、調理方法をメモっていた。

「ルノアーさん、あとこれをー……」

千春は横にあるテーブルの上でアイテムボックスを開き、塩と砂糖と胡椒《こしょう》を出す。

「なんだ今のは、魔法か？」

「はい、物を収納できる魔法です。そんでこれが塩、こっちの袋が砂糖で、この缶のやつが胡椒《こしょう》ですね。こっちで使ってください」

「いいのか？」

「うん、私が作る料理って、結構調味料の消費が多いでしょ？　これくらいなら食費を浮かせれば買ってこられるから使ってください。その代わり、ごはんは食べさせてくださいね」

「もちろんだ。調味料代は上に報告しておくから、晩飯はいくらでも食ってくれ。なんなら三食でもいいからな」

「お金を貰《もら》っても私のところでは使えないんで、食事は食べられるときに遠慮なくいただきまーす！　ありがとうございまーす」

「野菜切り、終わりました！」

料理人の一人が千春に報告する。

「それじゃ、玉ねぎ以外はスープに入れちゃってください。入れたら玉ねぎチームは色が変わるまでバター多めで炒《いた》めてくださいねー」

「了解です！」

そして小麦粉と牛乳を準備し、ホワイトソースを作っていく。

「随分と手慣れてるな。よく作るのかい？」

「うん、ホワイトソースはグラタンも作れるし、クリームコロッケも作れるから、ちょくちょく手作りしてます」

「ほう、他にも使えるソースか。これも練習させておこう」

そう言って、ルノアーはホワイトソースを作っている後ろでチェックしていた。

「鶏肉もいい具合だね。それじゃ、その鶏肉を全部鍋に入れて煮込《にこ》んでください」

全部の材料を入れ煮込《にこ》む。

「お？　これキノコ？」

厨房で見つけ、千春がルノアーに聞いた。

「ああ、南にある村の特産でよく取れるんだよ。歯ごたえがよくて美味《うま》いんだ」

「へー、マッシュルームに似てますね。これも入れちゃおう」

ルノアーは頷《うなず》き、すぐにスライスさせた。

「それじゃ、ホワイトソースも全部入れて、弱火で煮《に》てください。残った牛乳も全部入れてくださいねー」

「わかった。これででき上がりか？」

「あとは、味を見て塩と胡椒《こしょう》で調節してください。そこはルノアーさんに任せます」

「でき上がりの味がわからんのだが……」

「ちょっと待ってくださいね」

千春はお玉で少しすくって器に入れ、そこに塩を少しと、胡椒《こしょう》をミルで削《けず》りかける。

「……ん、こんくらいだね。はい、ルノアーさん覚えてください」

「……美味《うま》いな！！　これがシチューか！」

「もう少し煮《に》てトロミが出たら、野菜も溶けていてコクも出るはずなので、でき上がりの味ではないけど、塩と胡椒《こしょう》はこれくらいって覚えて仕上げてくださいね」

「わかった。で、チハルさん、今日は王族と食べるのか？」

「いいえーここで食べまーす」

「また連れていかれるぞ？」

「……ちょっと顔出してくるかあ。あとは任せます」

先手を打ってすぐ帰ろう。そう考えた千春は、サフィーナとモリアンを連れて、マルグリット王妃の自室に向かう。道はいまだに覚えていないから、先頭はサフィーナだった。

「チハル様！」

行く途中で声をかけられた。呼んだのは、ロマンスグレーのクラーク宰相《さいしょう》だった。

「はい!?　あ、宰相《さいしょう》さん、どうしました？」

千春はいきなり声をかけられ少し挙動不審になったが、なんとか対応できた。

「食事を改善してくださりありがとうございます。料理長のルノアーから色々と聞きました。他の厨房からも勉強にと、王宮の厨房の者と入れ替わっているそうで、そちらからもお礼を申したいとのことです」

「それはよかったです。私も夕食はこちらでいただいてますので、気にしないでください」

料理を教えるのは、自分がいつでも美味《おい》しい晩ごはんを食べるためだ、とはさすがに直球すぎるかと、千春は言葉を濁《にご》して答える。正直、こちらの世界のごはんは不味《まず》いのだ。

「ありがとうございます。しかし、いただいているパンの酵母《こうぼ》というものや、調味料まで買っていただいていると聞きました。その代金を少しでも補填《ほてん》させていただければと思っております」

「いやー、その分こちらで食べさせていただいてますんで。あと、お金を貰《もら》ってもあっちで使えませんから」

頼子と一緒に考えた『金貨換金計画』は頓挫《とんざ》し、貰《もら》っても使えないねという結論になったため、同じ申し出をしてくれたルノアーにも断っていた。

「わ……わかりました」

「どうかしたんですか?」

困った様子のクラークが気になり、千春は思わず聞いてしまった。

「は、はい。王妃殿下よりきちんと対価を支払うようにと、厳命を受けておりまして……」

「アハハハハ……そういうことですかあ……」

「「……」」

千春がそりゃ困るかあと思って侍女二人を見れば、二人は可哀《かわい》そうにと言わんばかりの目つきでクラークを見ている。

「はい。それじゃあ、すこーしだけいただく形で、体裁《ていさい》を整えておきますので、サフィーに渡しといてください。メグ様には『いただきました!』って、言っておきますので」

「ありがとうございます」

クラークは深々とお辞儀《じぎ》をした。確か結構高位の貴族のはず……そんなに頭下げていいのかな、と千春は思ったが、そう言えば自分は王女様扱いだったわと心の中で白目を剥《む》いていた。

そして彼と別れ、マルグリットの部屋に着く。サフィーナがノックをすると、エリーナが出迎えてくれた。

「いらっしゃいませ、チハル様。お入りください」

「あら、チハル、来てくれたのね」

マルグリットは満面の笑みで迎えてくれた。サフィーナとモリアンはさっと壁際《かべぎわ》に立つ。

「はい、今日は早めに来られたため、新しい料理を伝えに。それが終わりましたので、お伺《うかが》いしました」

「嬉しいわ。そうそう、チハルに聞きたいことがあったのよ。昨日は聞きそびれちゃって」

「なんでしょうか？」

「チハルが持ってきてくれた整髪料なんだけど、こっちで作ることってできるのかしら？」

「そうですね……持ってきたものほどの効果はないかもしれませんが、毎日使うのであれば、ある程度の効果があるものは作れますよ」

「そうなの!?　それじゃ、作り方を教えてもらってもいいかしら？」

「材料はベースが酢で、あとは水とハーブ、精油ですね。昔はリンスの代わりに酢を使ってましたから、詳しい配合は後日でよろしいですか？　今はうろ覚えなので」

「もちろん！　先日貴族のお茶会で聞かれちゃって。そちらから仕入れるわけにもいかないでしょうから」

マルグリットはそれから、販売もしていいか、その場合は販売利益の何パーセントをチハルに渡すかなど、結構細かく相談してきた。

「そんな、お金なんて……」

「いいえ、お金はあっても困りません。街に行けば買いものをしたくなるでしょう？」

「街ですか!?」

「ええ、まだ行ってないでしょうけれど、行くこともあるでしょうからね。行ってみたくない？」

「行きたいです！」

千春は、王城の様子からこの世界を中世時代のヨーロッパのようだと想像しており、街はどんな感じなんだろうかと興味を持っていた。もちろん海外旅行に行ったことはなく、ネットなどで見た映像や父から送られてくる海外のお菓子あたりからイメージしたものであるが。

「それじゃあ、その件は私の商会で製造販売をさせるわ」

「メグ様は商会をお持ちなんですね」

「ええ、化粧品《けしょうひん》や美容関係、あとは服なんかを取り扱ってる商会よ。レシピの方はお願いするわね」

「はい。こちらで手に入りそうな材料で作れるレシピを調べておきますね」

「ありがとう。それで？　今日の夕食は食べたの？　まだ時間は早いみたいだけど」

「いえ、今から食堂に戻り、食べてから帰るつもりです」

「そう……」

「メグ様？」

「なんでもないわ」

マルグリットは愁《うれ》いを帯《お》びた笑みを浮かべる。

（くっ……メグ様、そんな顔……ずるい！）

さすがに千春も、そんな顔をされて無視することはできなかった。

「ゆ……夕食だけでしたら……ご一緒いたします」

千春が根負けすると、マルグリットがパッと明るい顔になった。

「エリーナ！　夕食を早く準備させなさい！　湯浴みもすぐにできるようにしておいて！」

「はい」

エリーナはすぐに部屋を出ていった。

「メグ様!?　お風呂は向こうで入りますよ!?」

「どうせ入るなら、こっちで入ってしまえばいいじゃない。向こうでのお風呂の支度は、チハル自身がやってるんでしょう？　手間が減るわよ？」

「あー……（そう言われれば、お風呂沸《わ》かす手間が減るなあ……）」

日本はもう冬に入り冷え込むため、シャワーで済ますわけにもいかなかった。

「はい、お風呂もご一緒させていただきます。着替えを取ってきますね」

「待ってるわね」

語尾にハートがつきそうな甘い声で返事をしてきた。こういう声で男が騙《だま》されるんだろうなあと思いながら、千春は寝間着代わりのパーカーや着替えを取りに行くかーと部屋を出る。

「チハル……」

戻る途中、サフィーナが声をかける。

「何？」

「明日から、着替えは門の部屋に常備しておきなさいよ。それなら私たちが取りに行けるから」

「……うん、そうする」

サフィーナがもう諦《あきら》めろというように提案してきた。

「うん、あれは断れないですよー」

モリアンも遠くを見ながら同意した。

「うん！　晩ごはんとお風呂の光熱費が浮く！　ポジティブに行こう！」

いささかやけっぱちながら、前向きに考えることにした千春であった。

## 第21話　料理は愛情！

「お待たせしました」

千春とサフィーナは、マルグリットの部屋に戻ってきた。モリアンには先に休憩《きゅうけい》してもらうことにした。

「お帰りなさい。そろそろ、夕食の準備ができたかしらね」

「はい、もう移動なさってもよろしいかと」

王妃の付き人エリーナもそう告げる。

「では、行きましょうか」

「はーい」

千春はマルグリットの後ろをてくてくついていく。

「そう言えば、新しい料理って言ってたわね、何を作ったのかしら？」

「見てからのお楽しみということで」

「あら、それじゃ楽しみにしましょうか」

マルグリットは笑顔の千春に微笑《ほほえ》み返す。そして王族の食卓に着いた。国王であるエイダンは先に到着し、席に座っている。千春を見るなり、顔をほころばせた。

「おおチハル。今日はここで食べるのか」

「はい、メグ様からお誘いいただきましたので」

「そうか。メグよ、チハルの件は子供たちには伝えたのか？」

「いえ。そうですね、ちょうどいいので揃ったら伝えましょう」

そのタイミングで次男ライリー、三男フィンレーも執事に連れられ入ってきた。二人はいつもの席へ座り、チハルがいるのを見るとニコリと笑う。

「ライリー、フィンレー、大事なお話がありますのよ」

「「はいお母様」」

「まだ手続きは終わってませんが、チハルがあなたたちのお姉様になります」

「「!!」」

「正式に私たちの娘になるのは、遅くても一大月《おおつき》後くらいです。ですが、確定事項なので、もう姉と呼んでも構いませんからね」

それを聞いた王子二人は、チハルを見ながら同時に言った。

「「チハルお姉様！　よろしくお願いします！」」

「っ！　よ、よろしくお願いしますね、ライリー様、フィンレー様」

「お姉様、僕たちに様はつけないでください！　僕のことはライリーと呼んでください」

「ぼくもです！　フィンレーと呼んでください！」

「は、はい、ライリー、フィンレー、よろしくね」

千春はニッコリと微笑《ほほえ》むが、心の中は大騒ぎだった。

(やばい！　お姉様って呼ばれた！　弟欲しかったんだよねー！　超可愛《かわい》い！　やばー！　ライリー君もフィンレー君も超可愛《かわい》い！　お姉様！　いい響きだあぁぁ！！！　もう一回呼んでくれないかな！！！)

そこへ、また一人入ってきた。

「お待たせしました」

第一王子のエンハルトだ。部屋に入るときに話が聞こえたので——

「チハル、俺のことはお兄様と呼んでいいからな？」

クスクスと笑いながら、揶揄《からか》うように千春に言った。

「エンハルトお兄様、よろしくお願いしますねっ」

これまでエンハルトとは普通に喋《しゃべ》っていたので、千春は揶揄《からか》われたとわかった瞬間、仕返しをしてみた。

「っっ！　あ、ああ、よろしくな」

即答でお兄様と言われ、逆にエンハルトの方が戸惑《とまど》ってしまった。

（ああ、メグ様がお母様って言われたい気持ちがわかっちゃった……お姉様ってまた言われたい！）

そう思うと、マルグリットにお母様と言うのも悪くはないなと考えた千春は、思い切って口に出してみた。

「お父様、お母様、これからよろしくお願いいたします」

「ええ！　もちろんよ！」

「おお、おおお。よろしくな、チハル」

マルグリットもエイダンも嬉しそうだった。

報告が終わったところで、執事長セバスの指示で、料理が食卓に並んだ。

「うむ、今日は新しい家族が増えた。喜ばしいことだ。さあ食事を楽しもうではないか！」

エイダンがそう言うと食事が始まった。

「この白いスープがチハルの作ったものなのかしら？」

マルグリットが質問してきたので、千春は答える。

「はい、作ったと言っても指示をしただけで、私が作ったわけじゃないんですけど。料理人のシャリーちゃんが一時間かけてアク取りと濾《こ》す作業をした鶏のスープを使った、クリームシチューという料理になります」

「ほう、一つの料理にそれだけの手間をかけて作ったものなのか」

エイダンが感心している。

「はい。パンも、ふっくらとさせる酵母《こうぼ》を作るのに五日。それを使い、こねて発酵《はっこう》させてと、二時間近くかけて焼いています」

「……異世界の料理というのは、時間も手間もかかるものなのだな。だからこんなに美味《おい》しいのか」

「いえ、簡単にできる料理もあります。美味《おい》しい理由はズバリ愛情です！」

「愛情とな！」

「はい。手間を惜《お》しまずアク取りからソース作り、さらに美味《おい》しくするための研究。そこまでして作るのは、ひとえに大事な人に美味《おい》しく食べてもらいたいという愛情です！」

千春の料理に対する信念の一つ『料理は愛情』を強く語る。

「そして、美味《おい》しい料理はみんなを笑顔にします！　みんなが笑顔になれば、喧嘩《けんか》もせず平和になるんです！」

エイダンもマルグリットも、みんなが千春を見る。それは千春の料理に対する愛情と信念を感じたからであった。しかしエンハルトは同じく千春を見ていても、違うところに注目していた。

「チハル、今飲んでるソレは……食前酒だな。お前、酒を飲めたのか？」

「はい？　未成年だから、飲んだことないですよぉ？」

「セバス、食前酒を出したのか？」

「はい、チハル様がご家族になって初めての食事で、お祝いとお聞きしておりまして、成人もなさっていると」

こちらの世界では成人は十五歳。お酒は成人になってからというルールもないため、成人ではなくても飲んで構わないのだが……

「セバス、飲みものを果実か水に替えてやってくれ」

「はい」

「ええ、これお酒なんですかあ？」

千春は少し顔を赤くしている。

「あらあらあら、少ししか飲んでないから、すぐ覚めるでしょう。さあ、食事を続けましょうか。冷えてしまいますわよ？」

マルグリットも飲んだ量は少しと見て、食事に戻る。

「うむ、クリームシチューも美味《うま》いな」

「はい！　お父様、こんな美味《おい》しいスープは初めてです！」

エイダンも絶賛しライリーも大喜びである。三男のフィンレーは、ニコニコしながらシチューを飲んでいる。そんな彼らの姿を、千春は満面の笑みで眺《なが》めていた。

厨房のみんなが愛情をたっぷり注いだ料理だから美味《おい》しいよね！　と思いながら。


「さあ、それじゃあチハル、湯浴みに行きましょうか」

「はいー」

「大丈夫？」

「はいー大丈夫ですー」

「セバス、この子にお酒は出さないように」

「はい、そういたします」

ふらつくほどではないが、気分がよさそうにニッコニコな千春を連れて、マルグリットは部屋を出る。一応、千春と手を繋いで、ゆっくりと。

そして、二人は浴室で至れり尽くせりで侍女たちに洗われ、温泉に浸《つ》かる。

「はああああ」

「酔いは覚めたかしら？」

「はい、情けないところを見せてしまって申し訳ありません」

「フフッ、酔ったチハルも可愛《かわい》かったけど、お酒はもう少し大きくなってからにしましょうね」

「そうですね。私の国じゃ、お酒は二十歳になってからしか飲めませんから」

「陛下がお祝いと思って出しちゃったみたいなの。ごめんなさいね」

「そんな……お、お母様が謝ることでは」

「……フフフ」

マルグリットは千春の隣に行き、頭を撫《な》でる。

「……」

「……」

微笑《ほほえ》む二人は、湯を堪能《たんのう》し、浴室を出る。

「それじゃ、今日はあっちに帰るのね？」

「はい。明日学校ですし、試験勉強もしないとなので」

「わかったわ。サフィーナ、あとはお願いね」

「はい。お送りしますね、チハル様」

「はーい、おやすみなさい、お母様」

「おやすみなさい、チハル」

二人は笑顔で挨拶《あいさつ》をし、千春はマルグリットの部屋を出た。

「はあぁ食前酒が出てたとは思わなかったよー！　犯罪だよー！」

扉の部屋に戻る道すがら、千春はサフィーナにぼやいた。

「お酒を飲むだけで犯罪になるのですか？」

「私の国は二十歳までお酒はダメなのー！」

「他の国ではいいの？」

「うん、飲める国もあるけど、私がいる国はダメー」

ジブラロール王国では飲酒に制限がないため、サフィーナは不思議に思ったものの、千春に飲ませてはダメだということはわかった。歳云々《うんぬん》ではなく、千春自身にはまだ酒は飲ませないほうがいいなと。

「そう言えば、サフィーナは晩ごはん食べたの？」

「クリームシチューが食堂で出たので食べました。美味《おい》しかったですよ」

千春に微笑《ほほえ》む。

「うん、厨房のみんなが愛情込めて作ってるからね！　美味《おい》しくないわけがない！」

「……チハル、まだ酔ってる？」

「酔ってませーーーーーん！　ところで、モリアンはどこに行ったの？」

「門の部屋でお留守番してますよ？」

「なんで？」

「チハルの酔った姿を見せたら、またいらないことを言いそうだから、部屋の掃除《そうじ》をさせてます」

「あ……ありがと」

「い～え、どういたしまして」

サフィーナはクスクスと笑いながら返事をした。そして部屋に着く。

「モリアン、たっだいまー！」

「チハルさん、おかえりー。クリームシチュー食べました！　美味《おい》しかったです！　でも、お代わりさせてくれなかったんですよ！　もっと食べたかったのになー」

モリアンは千春の顔を見るなりグチを言った。

「他の人も食べたいんです、贅沢《ぜいたく》言わないの」

サフィーナに窘《たしな》められショボンとするモリアン。

「それじゃ、今日はお疲れ様でした！　今日の業務は終わりでーす！　んじゃ、帰るね。また明日」

「「おやすみなさいませ」」

二人は侍女らしいお辞儀《じぎ》をして、千春を見送る。

「はあー！　やっぱり温泉は気持ちいいなー！」

扉を閉めて自分の部屋に戻った千春は、ベッドにダイブすると、「んーー!!」と伸びをする。

「……眠い……勉強したくない…………やばい眠い」

そう言いつつスマホを見る。通知はない。

「…………すぅすぅ…………ぐぅ」

そのまま眠りに落ち、朝まで起きることはなかった。

## 第22話　コロッケ！

「千春、おはよー」

登校中、千春は頼子と合流した。

「あー、ヨリおはよー」

「どうしたん？　寝不足？」

「逆ー寝すぎたー」

「テスト勉強もせずに余裕しゃくしゃくですなあ！」

「ヨリは勉強したの？」

「いやあ、平日にボス攻略するものじゃないね」

「うん、把握《はあく》した」

二人はどんよりとした雰囲気《ふんいき》の中、学校に向かった。

★

「ただいまー」

誰もいないが、帰り着くと必ずただいまと言う癖《くせ》が、千春にはついている。

普段着に着替え、ついでにいつお風呂に誘われてもいいように、数日分のお着換えセットを作る。

今日も温泉に入るつもりだったので、それとは別に今日の分も用意する。

「よし、あと持っていくものは、これとこれと……あ、これも持ってこ」

千春はいくつかの袋に物資を詰め込み、クローゼットの扉を開ける。

「ただいまー！」

「お帰りなさい、チハル」

「チハルさあああん！」

部屋に入るなり、モリアンが千春に泣きついてきた。

「え？　何？　どうしたの？」

「昨日、チハルが帰ったあとに、私たちは家に戻ったんですよ」

「王都にある家？」

「ええ、いくつかの貴族にチハルのことで通達があったようで、私やモリアンの家にも知らされたわけです」

「それで、どうしてモリアンが泣いてるのかな」

泣いているモリアンに代わり、サフィーナが口を開く。

「ええ、簡単に言うとモリアンのお父上が、チハルの付き人になったモリアンに、不敬なことは絶対にしないようにコンコンとお説教されまして……まあ、そういうことです」

「シクシクシクシク……」

「不敬なことをするとどうなるの？」

「はい、チハルは王女殿下になりますから、質《たち》が悪い不敬を行えば……」

サフィーナは首筋に手を添え、スッと引く。

「ひぇっ……」

「うえええん」

「どんなことをしたら不敬になるのかな？」

「今まさにやってますけどね、不敬なこと」

二人はモリアンを見つめる。

「うん、王女にしがみついてるね」

「はい、不敬でしかありませんね」

「サフィーはこれ止めなくていいの？」

「チハルがこれくらいで怒るなら止めてますけどね？」

千春は苦笑する。

「まあ、これぐらいでは怒んないよね」

「こう見えてモリアンはわかってるので、他の人がいたらこういうことはしませんから」

千春はとりあえず荷物を置きたいので、泣いているモリアンを引きはがした。

「もうちょっと荷物あるから持ってくるね」

千春はさらに袋をいくつか持ってきて、テーブルに置く。

「サフィー、これはお泊まりセットで、ここに置いておくから、急にお風呂に入ることになったら、持ってきてね」

「はい、わかりました。これは？」

サフィーナはもう一つ同じようなナップサックを見つけ持ち上げる。

「ああ、それは今日のお風呂セット」

「今日はもう諦《あきら》めてるんですね、潔《いさぎよ》いことで」

「それがさ、昨日帰ってベッドに寝っ転がったら、そのまま寝ちゃってね。朝まで爆睡《ばくすい》して勉強できなかったんだけど、今日授業受けてたら眠くならないし、授業はすっごく頭に入るしで、『家に帰って勉強しなくてもよくない？』ってなったのよ」

「それって普通なのではないですか？」

何を当たり前のことをと言わんばかりに、サフィーナは千春に問いかける。

「頭のいい人の会話してる……」

モリアンが恨《うら》めしそうな目で二人を見る。

「何を言ってるんですか？　学園の授業をしっかり受けていれば、家に帰って勉強しなくてもいいでしょう？　勉強する時間に勉強をする。授業中に勉強しないで家に帰って勉強するとか、愚の骨頂《こっちょう》でしょうに。時間の無駄遣いです」

「今日つくづく身に染みました」

「チハルさんはこっち側だと思ったのにぃ！」

「どちらかと言うとそっち側だけどね」

千春は笑いながらモリアンに答える。

「それで、今日はいかがされます？　夕食と王妃殿下との湯浴みはなされるということでよろしいですか？」

「うん、お風呂はメグ様と一緒になるだろうなあ。あーそうだった、これこれ」

袋の一つから中身を取り出す。

「はい、これ」

それは、リンスインシャンプーの詰め替え用だった。学校帰りに寄ったスーパーで特売だったので、いっぱい買ってきたのだ。

「これとこれはサフィーとモリアン用ね。あと、こっちに入ってるのを小分けして、メグ様の侍女さんたちにあげたいんだよねー。シャンプーに凄《すご》く反応してたからさ。ちょうどいいサイズの瓶《びん》とか入れものないかな？」

「はーい！　魔導師団のポーション作成部署に、いいサイズの瓶《びん》がありまーす！」

モリアンはなぜか学生のように手を挙げた。

「はい、モリアンさん、明日でいいのでその瓶《びん》を手に入れてきてください、お金いるかな？」

千春も教師のように答える。

「チハル、忘れてるかもしれないけれど、私は宰相《さいしょう》様からあなたへの金貨を受け取ってますからね？　必要なときは言ってくれれば、購入しておきますよ」

サフィーナがアイテムボックスを開いてみせた。

「えええぇ！　サフィー、それ覚えたの!?」

「はい、やっと使えるようになりました。魔法でこんなに頑張《がんば》ったのは久しぶりです」

そう言って、サフィーナはアイテムボックスから金貨の入った袋を取り出した。

「じゃあ、お金が必要なら、モリアンはサフィーから受け取って購入しといてね。それで、その瓶《びん》に詰め替えて準備しといてね」

「いつ？　どこで？　何個です？」

「明日、ここで、メグ様の侍女さんの人数分」

「了解です！」

「よし、それじゃ、晩ごはん作りに行きましょうかねー」

千春はテーブルに置いた他の荷物を、アイテムボックスに全部入れる。

「作るんですね」

「わーい！　チハルさんの料理が食べられるー！」

サフィーナとモリアンが嬉しそうにする。

その後、三人はワイワイ会話しつつ厨房へ行った。

「ルノアーさーん！　来ったよーん」

軽ーく挨拶《あいさつ》して千春が周りを見渡すと、ルノアーはまだ下ごしらえをしてる最中のようで、野菜を洗ったり肉を切ったりしていた。

「チハルさん、いらっしゃい。今日も何か作るのかい？」

「うん、材料を見てから考えようかなーと思ってるんですけど……これジャガイモですよね」

「ああ、腹を壊す原因がわかって安全に食べられるようになったからね。元々ジャガイモは安くて日持ちもするしな」

「ジャガイモと一緒の箱にリンゴを入れると芽が出にくいから、一緒に入れたらいいよ」

「……よくそんな知恵がぽろぽろ出てくるな。早速保存してる方にリンゴを入れとくよ」

ルノアーはすぐに人を呼び、ジャガイモの箱にリンゴを入れておくように指示した。

「あーそうだ。リンゴで思い出したが、早速今日天然酵母《こうぼ》を使わせてもらったよ」

「そう言えば、そろそろ五日くらい経ってますね。どうでした？」

「ビックリするほど美味《うま》いパンができた。ちょっと待っててくれ」

ルノアーはパンを取りに行った。

「ほら、これだ。一口食べてみてくれ」

「おー、柔《やわ》らかいですね。いただきまーす」

千春は少しちぎって口に入れる。

「うん、美味《おい》しいね。リンゴの香りがするから、まだ発酵《はっこう》できそうだけど、これだけできれば大成功です。多めに作って、色々と試してみてくださいね」

「ああ最初に作ったやつだからな。基本を必要数作って、研究用にいくつか準備しておくことにするよ。ありがとう」

ルノアーさんは笑顔で千春にお礼を言う。

「それじゃ、ジャガイモがいっぱいあるし……コロッケを作ろうかな」

千春は今晩のメニューを決めた。

「「コロッケ？」」

侍女二人とルノアーは面白いようにハモる。

「そ、コロッケ」

千春は箱の中のジャガイモを物色する。

「おー男爵っぽいなー」

「ジャガイモを爵位で呼ぶと無礼……いや、王女殿下が言うことだから大丈夫なのか？」

「あははは、私のところではこのごつごつした種類のジャガイモを育てたのが男爵様だったせいで、そう呼ばれるようになったの」

「へえ、種類があるのか。そう言えば、つるっとしたジャガイモもあったな」

「メークインかな？　いっぱい種類あるからねー」

千春は自分のげんこつよりも大きなジャガイモを五個取り出す。

「今日も王様たちに出す分も作っときます？」

「ああ、チハルさんが作ると王族も喜ぶからな。そのコロッケは出そう」

「おっけー。それじゃ、一人二個として十二個と、サフィーとモリアンも食べるでしょー。ルノアーさんも食べます？」

「もちろん！　人数分ではなくいっぱい作ろう。チハルさんが作るんだ、絶対美味《うま》いに決まってるからな」

ルノアーは人を集めた。

「よし、それじゃ指示してくれ！」

「うわあ」

集まった人たちはみんな、新しい料理を作れるからか満面の笑みだった。千春は驚いて声を上げた。

「それじゃ、ジャガイモを剥《む》いて切って塩茹《しおゆ》でするチーム、玉ねぎを微塵《みじんぎ》切りして炒《いた》めるチーム、肉を小さく刻んで挽肉《ひきにく》にするチームに分かれてください！」

「よし、お前ら三人ジャガイモ、そこ二人は玉ねぎを、そっち三人は肉を挽肉《ひきにく》にしろ」

「「「「「「はい！」」」」」」

料理人たちはすぐに作業に取りかかる。この調子なら、下準備はすぐできそうだ。

「ルノアーさん、そう言えば固いパンってもう作ってないんですか？」

「作ってないな。なんでだ？　あのパンを食べたら、前のパンは食べられないだろう」

「いんや！　あれはあれで色々と使えるんですよ！　少しでいいから作ってもらえませんか？」

「そりゃ、今まで作ってたからすぐに作れるが、本当にあのパンが要るのか？」

「まあ、ないなら今のパンを使うからいいです」

「いや、作ってはないがあるぞ？　誰も食わないから残っているんだ」

ルノアーは冷蔵室から固いパンをいくつか持ってきた。

「このパンは固いが日持ちはするからな。使えるなら使ってくれ」

「おーあったんだ！　このパンを削《けず》ってパン粉にしてもらえますか？　おろし金があればいいんですけど」

「削《けず》るのか？　チーズグレーターで削《けず》ればすぐできるぞ」

「あー！　その手があったか。その固いパン五、六個を全部パン粉にしてもらっていいですか？」

「了解」

「あの量だと、小麦粉と卵はどのくらいいるかな……足りなかったら追加すればいっか」

千春は小麦粉と卵を取りに行く。サフィーナが卵を受け取り、モリアンも小麦粉の袋を運ぶ。

「んじゃ、小麦粉はこのバットに入れて広げまーす。そんで、このボールに卵を入れてー。はい、モリアン、これ持ってて」

千春はモリアンに泡だて器を渡した。

「えっ……えええええ！！！」

モリアンは、マヨネーズを作ったときの悪夢がまた訪れたのかと焦《あせ》る。

「大丈夫だよ、黄身と白身が混ざるくらいでいいから」

千春はモリアンが勘違いするようにわざとそういう渡し方をしたので、思った以上の反応をしてくれて面白がった。そうこうしている間に、玉ねぎチームと挽肉《ひきにく》チームの作業が終わった。

「玉ねぎチームは挽肉《ひきにく》チームの肉と一緒に炒《いた》めてくださーい。挽肉《ひきにく》チームは揚げものの準備をしてくださーい」

「コロッケは揚げものなのか。油は大丈夫だぞ。カラアゲも作るようになって、揚げ油は常備しているから、いつでも揚げられる」

ルノアーが教えてくれた。

「おおお！　それじゃ、ジャガイモ待ちかな？」

「ジャガイモがいい具合に茹《ゆ》で上《あ》がりました」

「そうしたら、ジャガイモを取り出してマッシュします！」

「マッシュって？」

　モリアンが質問する。

「潰《つぶ》すってこと」

　千春はジャガイモを大きなボウルに入れ、潰《つぶ》していく。

「この中に炒《いた》めた材料を入れて混ぜてください」

「「了解です」」

「では、挽肉《ひきにく》チーム改め成形チーム！　私が一個作るので、それを真似《まね》してください」

　千春は混ぜたタネを小判型にして小麦粉をつけ卵液に浸《ひた》したあと、パン粉をつける。

「はい、こんな感じ。ある程度できたら、揚げものの方に持っていってくださいね」

「ほほー。小麦粉に卵、パン粉な、他に味つけはしないのか？」

「ジャガイモを塩茹《しおゆ》でしてるから味はあるよ。足りないようなら胡椒《こしょう》を入れたりバターを入れたりすれば風味が変わるけど、私はノーマルが好き」

　その後、千春は成形チームと一緒にタネをコネコネしながら小判型にしていく。

「第一陣、持っていきますねー」

サフィーナがコロッケを揚げものチームに持っていく。千春もついていった。

「コロッケはいい具合に揚がったら上に浮いてきます。気泡が大きくなって浮いたらでき上がりです。揚げすぎると割れちゃうので、気をつけてくださいね」

「はい、わかりました」

揚げ係の人は唐揚げで慣れたみたいで、任せろ感が強かった。

「はい、コロッケの作り方は以上です。ちなみに、失敗したことがあります」

「え⁉　失敗することもある料理なのか⁉」

ルノアーが焦《あせ》った声を出す。

「コロッケは簡単だから問題ないんですけどね。コロッケにかけるソースが……」

「ソースを今から作るのか？」

「いや……それが、作れないんです」

「どういうことなんだ？」

「多分材料がそろわないのと、時間がめちゃくちゃかかるので」

「どうするんだ？」

「まあコロッケ自体に味があるから、そのままでも美味《おい》しいけど……ウスターソースってありませんよね？」

「聞いたことないソースだな」

「……醤油《しょうゆ》ってあります？」

「あるぞ？」

「あるの!?」

これには千春もびっくりである。この世界にあるとは思っていなかった。

「ああ、西のハース領に来る貿易船で運ばれてくる豆からできた調味料だろう？」

ルノアーは倉庫に入っていった。

「ほらこれだ」

少しして出してきたのは、瓶《びん》に入った真っ黒な液体だった。

「凄《すご》く塩辛《しおから》いが、海沿いではよく使われてるな。魚料理によく合うそうだ」

「おおおお！　これとマヨを混ぜて、マヨ醤油《じょうゆ》を作ろう。ウスターソースは多分無理だから」

「わかった。どれくらいの割合で混ぜる？」

「マヨ多めで、ほんのり塩気がつく程度でお願いします。好みでかけて食べる感じでね」

「わかった。準備しておこう」

「あとは、盛りつけでキャベツの千切りとトマトかな。それじゃ、あとはルノアーさんにお任せしていいですか？」

「ああ、大丈夫だ。今日は、チハルさんは王族と一緒でいいのか？」

「うん、王妃殿下のところに行ったら確実にそうなると思います」

「確定だな。用意しておこう」

二人とも苦笑いだった。後ろを見ると、サフィーナもモリアンも苦笑いしていた。

「それじゃ、メグ様のところに行きましょうかねー」

「はい、それでは行きましょうか」

サフィーナが頷《うなず》き、千春たちは厨房を出る。

「……コロッケは？」

モリアンがコロッケのことを聞く。よっぽど気になるらしい。

「……モリアン、先に夕食とっといで。あとでサフィーと交代してね」

「了解しました！！！！」

千春が言うと、モリアンは食い気味に返事をした。しかも、全力で。

「サフィー、行こうか」

「はい、行きましょう」

「これ不敬？」

厨房に戻りかけたモリアンが尋ねると、サフィーナは首を縦に振った。

「ええ」

# 第23話　ハンバーグ！

「一週間終わったあ！」

千春はあれから毎日王族と夕食をとり、マルグリット王妃と温泉に浸《つ》かり、早寝早起きを続けていた。

そして、今日もクローゼットの扉から異世界へ行く。

「おかえりなさい、チハル。明日からお休みですよね？」

サフィーナは、門の部屋にある千春が日本から持ってきたカレンダーを見ながら言った。カレンダーにはわかりやすいように、終わった日を塗りつぶし、休みの日にはマークをつけている。

「そだよー、明日は土曜！　できれば街に行ってみたいなー」

「街ですか。そう言えば、まだ一度も行ってないですね。それどころか、王宮からも出てないものね」

「うん、やっぱり一度は見てみたいし、どんなものを売ってるのかとか見たいからねー。そうだ、宰相《さいしょう》さんから貰《もら》ったお金って、どれくらいあるの？」

千春に言われて、サフィーナはアイテムボックスから金貨の入った袋を取り出した。

「そうですね、金貨で百枚あります」

サフィーナは高級そうな袋を開けながら「数えます？」と聞いてきた。

「やだ、めんどくさい。金貨一枚ってどれくらいの価値なんだろう。それは知りたいな。サフィーってお給料いくらなの？」

「私のお給金は大月《おおつき》（三十日）で金貨四枚ですね」

「私は二枚です……」

ショボーンとしているのは、もう一人の侍女モリアンだ。

「同じじゃないのね」

「しょうがないです。サフィーナは学園を首席で卒業しましたし、侯爵令嬢で、侍女をしてるのが不思議なくらいの人ですから」

「なんでそんな人が侍女なんてやってるのよ」

千春が疑問を素直に口にする。

「侯爵の娘と言っても三女ですからね。家を継ぐわけでもありませんし、王宮なら高貴なお方と出会えるかもしれませんでしょう？」

サフィーナはクスクス笑う。

「私はもう諦《あきら》めました。チハルのお嫁さんになります！」

モリアンはこぶしを握り締め、高々と宣言する。

「女同士でできるわけないでしょ！　何言ってんのよ、モリアンは」

「え？　できますよ？」

「は？　うそん」

モリアンの言葉にびっくりした千春は、サフィーナを見る。

「はい、色々条件はつきますが、この世界では同性でも結婚できますよ？　貴族でも嫡子《ちゃくし》に子供ができれば、三男や二女以降の子はある程度許されますね」

「へぇえ。でもモリアンはヤダ。苦労しそうだもん。それなら、サフィーと結婚するわ」

「あら、嬉しいですわ」

「なーーんーーでーーでーーすーーかぁぁぁ！」

喜ぶサフィーナと不満全開のモリアン。

「まあ、冗談《じょうだん》は置いといて。話を戻すけど、金貨四枚って高給取りなの？」

「一般兵士のお給金が金貨一、二枚、小隊長あたりだと三枚くらいですよ」

「は？　四枚は？」

「隊長あたりですかね。四、五枚くらいだったと思いますね」

「サフィーって、隊長クラスの給料貰《もら》ってんだ、凄《すご》いね」

サフィーナはそうですねという感じで微笑《ほほえ》む。

「それはそうですよ。サフィーナは次期王妃か殿下の付き人候補ですからねえ」

「そんな人が付き人してたのか……いいの？」

「いいに決まってるじゃないですか、王女殿下」

「あ……王女だったわ。実感わかないなあ。でもそれなら、なんで普段からモリアンと一緒にいるの？」

「それはモリアンの父君、エルドール子爵から直々にモリアンを頼むと言われたからです」

「知り合いなのね」

「はい。私のファンギス侯爵家とモリアンのエルドール子爵家は親戚になります」

そうかー、大変だね、と目でサフィーナを見ると、ハイと言わんばかりに彼女は頷《うなず》く。

「なんですか？　無言で意思疎通《そつう》してませんか？」

「そんなことないよ？　街の人のお給料ってどんくらいなの？」

「雇われの人だと、小金貨四、五枚が相場ですね」

「一番安い貨幣は？」

「銭貨《せんか》がありますが、あまり使われませんね。銭貨が十枚で銅貨一枚、銅貨十枚で大銅貨一枚……」

そして色々と聞いてみて、千春が大雑把《おおざっぱ》に貨幣の価値を計算してみると――

**銭貨一枚　↓一円**
**銅貨一枚　↓十円**
**大銅貨一枚↓百円**
**銀貨一枚　↓千円**
**小金貨一枚↓一万円**

**金貨一枚　↓十万円**
**白金貨一枚↓一千万円**
――このようになる。

（うわぁ……ってことは、宰相《さいしょう》さんから一千万円くらい貰《もら》ったってこと⁉）

いきなり大金持ちになったようだ。

「よし！　なんとなくわかった気がする！　あとは街で買いものしたらわかるかな！」

そして、千春は立ち上がる。

「さあ、晩ごはんを食べに行こうか」

「唐突ですね」

「行きましょー！」

三人は仲よく王宮の食堂に向かう。

「こんばんは～」

千春が厨房に着き声をかけると、ルノアーがすぐに来た。

「いらっしゃい、チハルさん。今日は何か作るのかい？」

ここ数日は、王族と一緒に食べていた。調味料をいくつか教えたりはしたが、ルノアーや料理人が研究し、日々新しい料理を出していたので、それを食べていたのだ。

「うん、今日はハンバーグを食べたいから作ってもらおうと思いまして」

「はんばーぐね、何が必要なんだい？」

「牛肉だけでもいいけど、豚はオークだったよねー。猪でもいいか。それを挽肉《ひきにく》にしてね」

「どれくらいの量が要るんだ？」

「牛肉七の猪肉三で、あとは卵とパン粉と、牛乳はパン粉が馴染《なじ》むくらい。それに、玉ねぎを微塵《みじん》切《ぎ》りにしてください」

「わかった。オークを使わないってことは、王族の夕食用ってことだな。それじゃ、食堂で出す分にはオークを使ってみよう」

ルノアーはいつものごとく大量に作ることにした。すぐさま指示が飛び交う。

「最近は、一つ言うと半分くらい理解してくれる気がするなあ」

「ルノアーさんもそうですが、料理人たちが勉強熱心ですからね」

千春とサフィーナは、動き出した料理人たちを見ながら感心していた。

「チハルさん、味つけはどうしたらいい？」

ルノアーが一度戻ってきて千春に尋《たず》ねた。

「塩と胡椒《こしょう》ですね。あまり濃くしなくていいですから。この前教えたケチャップをかけて食べるし、胡椒《こしょう》は後がけでも美味《おい》しいから」

ケチャップは思ったよりも簡単に作ることができた。シャリーに材料と作り方を教えたら、次の日にはできていたのだ。

「んじゃ、タネができるまでお茶でも飲んでようか」

「それじゃ私が淹《い》れてきますね」

千春に応じて、サフィーナが言う。

「私はー……」

モリアンが何か言いかけるが——

「モリアンは芋《いも》でも揚げてくる？」

と、千春が逆に提案した。

「芋です？」

「うん、芋」

「揚げ芋？」

「そう、フライドポテト。ケチャップをつけて食べたら超美味《おい》しいよ？」

「揚げてきます！」

「皮を剥《む》いたら、くし切りで八分割にして、水にさらしてから揚げてね。わからなかったら野菜を切ってる人に聞いてね」

「はーい！」

モリアンはニコニコしながら厨房へ行った。マヨネーズに続き、ケチャップも大好きになっていた。

「ハンバーグの指示はもう終わりなの？」

サフィーナがふと千春に聞いた。

「まだだよー。最後に大事な説明があるの」

「そうなの？」

「うん、これをしないで焼いたら、割れたり崩れたりするの」

「それは教えないとダメね」

そして、その工程になる頃に、千春とサフィーナはまた厨房に戻った。

「それじゃ、ハンバーグの大事な作業を教えますー。これくらいの量を取ってからー……」

千春はハンバーグのタネを右手、左手とキャッチボールする。

「こうやって中の空気を抜いてから形を作ります。ちなみに、これをやらないと割れて肉汁が出てしまうので、大事な作業です。終わったら焼きます」

「焼き方とかはあるのかな？」

ルノアーが確認する。

「はい、こうやって真ん中を窪《くぼ》ませて焼きます。縮んで丸くなっちゃうんで。あとは、焦《こ》げ目が少しつくくらい焼いて、ひっくり返し、最後は蒸《む》し焼《や》きにしてください」

「よし、試しにいくつか焼いてみよう」

「それじゃあ、私は王妃殿下のところに行くので、あとはよろしくお願いしますね」

「わかったよ、チハルさん。それじゃみんなは持ち場へ戻れー」

「あ！　モリアンが今作ってるフライドポテトを付け合わせとして一緒に盛りつけてくださいね。ソースはケチャップでお願いします」

「了解！」

　最後の説明まで終わり、千春とサフィーナはいつものようにモリアンを置いて、マルグリットの部屋に行く。そこに着くと、侍女が待ち構えていた。そして、何も言わずとも扉を開けてくれる。

「お母様、ただいま戻りました」

「おかえりなさい、チハル。結局、あれから毎日来たわね。私も嬉しいわ。今日はお泊まりでよかったかしら？」

「はい。できれば明日街に行きたいのですけど、大丈夫ですか？」

「ええ。でも、護衛はつけさせてもらうわよ？」

「護衛なんて要ります？」

「要るに決まってるでしょう。何かあったらどうするのよ。あと、サフィーナも一緒に行くように。決してチハルから離れてはダメですからね？」

「はい」

　サフィーナは返事をし、頭を下げる。

「過保護だー……」

千春がぼそっと呟《つぶや》いた。

「過保護なもんですか。この国は平和な方だけど、犯罪がないわけじゃありませんからね」

「はーい」

その後、夕食までお茶をしつつ街の話をして、時間になったので王族の食事のための部屋へ行く。

「おお今日も美味《うま》そうだな」

国王のエイダンはハンバーグを見ながら笑みをこぼした。

「はい、今日はハンバーグを作ってもらいました。胡椒《こしょう》を少しかけてから食べていただくと、さらに美味《おい》しいと思います」

千春は胡椒《こしょう》多めのペッパーハンバーグが大好きだった。だが好みがあるので、各人で選んでもらうことにした。

「チハルが来てから、食事が楽しみでしょうがないぞ。それでは、いただこうか」

エイダンの声がけで、食事は始まった。案の定、次男のライリーと三男フィンレーはひと口食べて美味《おい》しいと言ってくれた。そして、食事が終わった頃、マルグリットがエンハルトに声をかけた。

「エンハルト、明日はチハルが街に行くそうなの。一緒に行ってあげられるかしら？」

「はい。大丈夫ですが、護衛をつけるのでは？」

「護衛がゾロゾロとくっついていくわけにもいかないでしょう？　サフィーナはつけますけど、あなたが一緒にいれば悪い虫は寄ってこないでしょう。護衛はつかず離れず見守らせますから、楽しませてあげてちょうだいね」

「わかりました。そういうことだ。チハル、明日はよろしく頼む」

「こちらこそご迷惑をおかけします。よろしくお願いします」

「……まだかたっ苦しいな。前みたいに、もっと気楽に話していいんだぞ？」

「そう？　それじゃよろしくーお兄様」

「ああ」

エンハルトがクックックと笑いながら千春を見ると、彼女もこちらを見て笑っていた。

「さあ、それじゃあ明日の準備をしましょうか。チハル、行きましょう」

マルグリットが声をかける。

「え？　明日の準備ってなんですか？」

「服とか色々あるでしょう？　まさか、その格好《かっこう》で行くわけじゃないでしょう？」

千春は今、ジーンズにブラウスという向こうの世界の普段着であった。

「あー！　こっちの服持ってなかった！」

「でしょう？　ちゃんと準備してあるわよ。街娘風からお忍びの貴族の服、ドレスもあるわよ？」

「（あー……これ、着せ替え人形にされるやつだああ！！！）……はい」

「行くわよ？」

「はい」

「まずは湯浴みをして綺麗《きれい》になりましょうねー」

マルグリットは楽しそうに言う。千春はもう「はい」という言葉しか出なかった。

食卓に残る男たちは、今から千春がどういう目にあうのか想像して、苦笑いをした――三男のフィンレーまで。

「さあ、チハル、早くいきましょ！」

「はーい……」

## 第24話　城下町！

「さあ！　どれから着ましょうか！」

「お母様、テンション高すぎです。服も私も逃げませんから」

二人はお風呂から上がり、早速マルグリットの部屋で千春の服を選んでいた。

「だって、色々着てみたくない？」

「明日着ていく服だけでいいですよー。普通はドレスとか着て街に行かないですよね？」

「えー、せっかくあるんだから、一回だけ袖通してみない？　ね？」

「……一回だけですよ？」

千春は諦《あきら》め気味で、ドレスの試着を始める。試着と言っても、三人の侍女が全部やってくれるので、千春は立っているだけだが。

「チハル様、お似合いですわ」

侍女の一人がそう言うと、他の侍女もうんうんと頭を縦に振る。

「髪が黒いと紺色が映《は》えるわねえ。この若草色とか赤いドレスも似合いそうよね」

「……お母様、ドレスはドレスを着る必要があるときにまた選びますので、とりあえず街に行く服を選びましょう」

「そう？　それじゃあ、ちょっと裕福な商家の娘イメージで、こんなのはいかがかしら？」

選んだ服は、白のブラウスに紺色のアンダーバストコルセット、スカートはトパーズ色のロングスカートでふわっとした感じだ。

「いいですね、これ。普通にあっちでも着られそうです」

「そうね、合わせてみましょうか」

また侍女がささっと千春を着替えさせる。

「ちょっと胸元を強調しすぎじゃないですか、これ」

「そうでもないわよ？　ちょっといいところのお嬢さんって感じでまとまってるわよ」

「それじゃ、これでいいですね、決まりです！」

「えー！　まだこれとかこれも着てみたくない!?」

「……なんで、そこで侍女さんたちの制服が出てくるんですか？」

「可愛《かわい》いから？」

「えええ……」

「ね？」

「一回だけですよー」

「一回だけ」が何回か続いたが、明日のお出かけは結局千春が選んだ服に決まった。

★

「おはようございます、お母様」

「おはよう。よく眠れた？」

「はい、それはもうぐっすりと眠れました」

「ちょっと寝るの遅くなっちゃったからね」

「……そうですね。でもちょっと楽しかったです」

「フフッ、私も楽しかったわ。それじゃ準備して、朝食にしましょうか」

「はい、着替えますね」

千春は母親とこんなに服を選ぶようなことがなかったので内心は凄《すご》く楽しかった。

「チハル様、こちらへ」

侍女の一人が姿見の前に千春を連れていき、二人の侍女が服を着させる。その後、ドレッサーの前に座らせ、軽くメイクと髪を整える。

「今日は下にさげてまとめておきますね」

侍女はねじりポニーに髪留めをつけた。

「いい感じね、可愛《かわい》いわ。私も一緒に行きたいのに、なんで用事があるのかしら」

マルグリットは不満げに呟《つぶや》く。

「お土産《みやげ》買ってきますね。何か欲しいものはありますか？」

「チハルが買ってきてくれるものならなんでも嬉しいわ。それよりも、楽しんできなさいね」

「はい！」

二人は微笑《ほほえ》み合い、朝食に向かう。

「おはようございます」

食卓に着くと、国王のエイダンや王子たちも入ってきた。

「チハルは今日は街に行くんだったな、その服も似合っておるな」

エイダンがこちらの世界の服に身を包んだ千春に声をかける。

「ありがとうございます。お母様と選びました」

「……うむ、まあなんだ、楽しんでくるといい」

エイダンは多分、いや絶対に着せ替え人形にされただろうなと思ったが、口には出さなかった。

そして朝食が終わると、エンハルトが千春を連れて部屋を出る。

「一度チハルの部屋に行って、サフィーナと合流してから馬車で街に向かう」

「馬車？　歩きじゃないの？」

「王城を歩きで出入りする王族なんていないぞ？」

「へー、なんで？」

「知らん、そういうことになってる」

「ふーん」

二人は門の部屋に着いた。

「サフィー、おっはよー！」

「おはようございます、殿下、チハル」

「ああ、おはよう。サフィーナ、チハル、街では俺のことをハルトと呼ぶように。知ってるやつが見たらすぐわかるが、一応な」

「わかったよー、ハルト」

千春が応じると、サフィーナもこう言ってきた。

「それでは、私はサフィーでお願いしますね」

「わかった」

千春は素直に頷《うなず》いた。そして、部屋を出る前に、スマホをチェックした。

（おおっ、ヨリから連絡が来てるな。よーし、スタンプで誤魔化《ごまか》してっと）

三人は表に出ると、馬車に乗り込み街に向かう。

ちなみに、モリアンは今日休みであった。付き人もたまに休みをとることになっているのだ。

「街までどれくらいなの？」

「そうだな十分もあれば城門まで着く。そこからはすぐだが、しばらくは貴族の住むエリアで、何もない。二十分も走れば貴族向けの店が並んでるが、チハルが見たいのは市井《しせい》の方だろう？」

「うん、普通のところがいいね」

「商店が並ぶところまで馬車で行くと面倒なので、エルドール子爵家に停めてから歩きましょうか」

サフィーナがそう提案すると、エンハルトは頷《うなず》いた。

「ああ、あそこならそんなにかからないな」

「エルドール子爵って、モリアンのところ？」

「そうです、貴族向けの店が並ぶところにも近いんですよ」

「へえ。で、モリアンは今日何してんの？」

「家にいると思いますよ。今日の予定は聞いてませんけど」

馬車がエルドール子爵家に到着した。

「ん？　モリアンがいるよ？」

なぜか屋敷の門の前にモリアンが立っていた。服装もいつもの侍女服ではなく、街にいてもおかしくない庶民的なものだった。

「あら、本当だわ……あの格好《かっこう》、一緒に行くつもりかしら？」

サフィーナが首を傾《かし》げる。

「今日、馬車をここに停めるって言っておいたのか？」

「いいえ？　さっき思いつきましたもの、言ってませんよ？」

エンハルトもサフィーナも、なぜモリアンが準備して待っているのか不思議だった。

「エルドール家へようこそ！」

馬車が停まり、三人が降りると、モリアンが近づいてきた。

「モリアン、何してんの？」

千春はまだびっくりしている。

「待ってました」

「なんで来るって知ってたの？」

「街に馬車で行ったら目立ちますから、馬車を置いていくならここにすればって、サフィーナなら言うだろうなと思いまして」

モリアンと千春が話してる間に、家から壮年の男性が出てきた。

「エンハルト殿下！　ようこそいらっしゃいました。そちらの方がチハル王女殿下でございますか！」

「あ、はい。初めまして千春と申します」

千春は男性にお辞儀《じぎ》をした。

「すまん。馬車を置かせてもらおうと寄ったのだ、迷惑をかける」

「いえいえ！　殿下、いくらでもお使いください。馬車はこちらでお預かりいたしますので！」

男性はこれでもかというくらいの低姿勢で話す。そして、千春に向き直った。

「申し遅れました。エルドール子爵ハーレック・エルドールでございます。以後お見知りおきを」

そして、首《こうべ》を垂《た》れた。

「さ、それじゃ街にいきましょー！」

挨拶《あいさつ》が終わったと思ったのか、モリアンが声を上げた。

「こら！　モリアン！　殿下と王女殿下になんという口を！！！」

ハーレックは顔を真っ青にしてモリアンを叱《しか》る。

そこへ、エンハルトが助けに入った。

「あー今日は……というか、モリアンはこれでいいのだ。公の場ではちゃんと役目を果たしているから、安心していいぞ、ハーレック卿」

「そ……そうでございますか」

「ああ、モリアン、今日は俺のことはハルト、サフィーナはサフィー、チハルは……そのままだな、そう呼ぶように」

「はい！　それじゃ、私はモリーでお願いしますね！」

「はいはい、モリーモリー、さあ街に行きましょかー」

千春がめんどくさそうに促《うなが》した。

「まずは、市井《しせい》の商店が並ぶ通りに行こう。あと、今日は護衛がつかず離れずで数人いるからな。何事もないだろうが、もし何かあれば大声を出せ。すぐに駆けつける」

「了解しました」

「「はーい」」

エンハルトの言葉に、一人は丁重に、二人はスキップしながら返事をする。

「サフィーはあれに交じらないのか？」

エンハルトがスキップをしなかったサフィーナに尋《たず》ねた。

「無理に決まってるじゃないですか、殿……ハルトは交じってもいいんですよ？」

「やめてくれ。国にいられなくなる」

スキップしながら先行する二人を、エンハルトとサフィーナは無表情で見ていた。

「ふぁー！　すっごーい！」

貴族エリアも凄《すご》いと思ったが、千春は市井《しせい》エリアとの間にある門をくぐったときに見えた街並みに感激した。中世ヨーロッパのようなオレンジや茶色の屋根、大通りには人がたくさんいた。

「ようこそ、ジブラロール王国の街へ！」

モリアンが満面の笑みで千春に言う。

「はああ！　凄《すご》いねー！　色んな人がいるね！」

「ああ、他国から来る商人もいれば、異種族も生活している」

「異種族って、もしかしてエルフとかドワーフとか？」

「ああ、よく知ってるな。あとは獣人族もいるな」

「マジで⁉　ケモミミいるの？」

「歩いてればそのうち目にする。さあ、行こうか」

そう言って、エンハルトは千春を促《うなが》した。

「さあ、チハル、行きましょう」

サフィーナは千春の手を取り歩き出す。モリアンはエンハルトよりも前を歩いていた。

「チハルは何が見たいんだ？」

「全部！　全部見たい！」

エンハルトの問いかけに、千春ははしゃぎ気味で答えた。

「全部は無理でしょうに……とりあえず、大通りの商店を見て回りましょう」

サフィーナのツッコミが入ったところで、千春のジブラロール王国城下町の探検が始まった。

# 第25話　買い食い！

「この大通りを進んでいくと、中央広場がある。そこからいくつかの通りに分かれて、色んな専門の店が並んでいるんだ」

「ほうほう。ハルト、今いるこの通りは？」

「貴族のエリアからも近いからな、貴金属や服、美容品が多い。女性向けの店が多い通りだから、少し見ていくか？」

「服は見てみたいな。サフィー、モリー、あそこ見に行こう！」

「はーい！」

「走らないでくださいー！」

千春、モリアン、サフィーナの三人は最初に目についた、少し高級そうな衣料店に向かった。

「さて、俺はどうするかな、離れるわけにもいかんし。アリンでも連れてくればよかったか……いや、あいつは今日は魔導師団の訓練って言ってたから、どのみち無理か」

エンハルトは店の前で待つことにした。

「サフィー、このワンピース可愛《かわい》いよね、もうちょっと薄い色のないかな」

「チハルさん！　これなんてどうです⁉」

「モリー、それはさすがに派手でしょう。もう少しおとなしい色はないですか？」

三人はキャッキャと服を物色する。その後も貴金属店に入り、ブレスレットや髪留めなどを見て回りつつ、やがて中央にある広場に着いた。

「あれ？　ハルト、なんか疲れてない？」

千春が妙にやつれているエンハルトに声をかけた。

「……この通りだけで二時間だぞ、普通に歩いて二十分くらいだろう、ここは」

「そんなに時間経ってた？　気のせいじゃない？」

「気のせいです！」

「気にしたら負けですよ？」

「あー俺の気のせいだ、好きなように見て回ってくれ」

千春、モリアン、サフィーナに口々に言われ、エンハルトは呆《あき》れた様子で返した。

「言われなくても回るけどねー！」

「ねー！」

「さあ次はどの通りに行きましょうか？」

「こっちは何があるの？」

「そっちは冒険者通りといって武器とか防具、あと魔法の道具とかもありますよー」

千春の質問にモリアンが答えた。

「それから、こちらの通りは野菜やお肉などの食材を扱ってる店が多いですね」

サフィーナが別の通りを指して付け加えた。

「それじゃ食材はあとで、先に冒険者通りに行こー！」

「行こー！」

「はいはい、それじゃ行きましょうか」

エンハルトは黙ってついていく。それとなく周りを見れば、護衛であろう知った顔を六つ見かけた。みんな私服で、男女のペアでいたり一人でいたりと、周りに溶け込んでいる。


「魔法道具屋さんが面白かった」

「あのお店には、ありふれたものしかなかったです」

「そうですね。でも、チハルは初めて見るものばかりでしょうから面白かったでしょうね」

千春、モリアン、サフィーナは街歩きを堪能《たんのう》していた。

「同じ道を戻るの？」

「いえ、こっちを通れば食品通りに通じてますし、反対側を通れば飲食店や酒場が多い通りになりますよ」

サフィーナが答えた。

「今何時頃かな」

千春はスマホの時計を見る。もう少ししたらお昼だ。

「あー、そろそろお昼みたいだから、飲食店の方を通って何か食べようか？」

「それなら、オススメのお店があるんですよ！」

「モリー、この前言ってたところ？」

サフィーナが問いかけると、モリアンはニコニコ笑って首を縦に振った。

「そうでーす！」

「何屋さんなの？」

千春がそう尋《たず》ねる。

「それは、着いてからのお楽しみで！」

三人と黙ってついてくる一人は、飲食店通りに向かう。

「はい！　ここです！」

「ここに入るのか……俺もだよな？」

「そうじゃないの？　ハルトはこの店知ってるの？」

「いや、初めてだが、看板を見れば、どんな店かわかる」

「遠慮なさらずご一緒しましょう」

モリアンが連れてきた店は高級な佇《たたず》まいの甘味処《かんみどころ》だった。

「それじゃ入りましょう～」

「何を食べられるのかなー」

千春は看板の文字が読めないため、まだこの店が何を出すかわかっていなかった。

「チハルは好きだと思いますよ」

サフィーナが言った。

「……」

エンハルトは無言だった。

「いらっしゃーい！　奥が開いてますからどうぞー！」

四人が入ると、店員が奥の席を勧めてきた。四人はそのテーブルに座り、メニューを見る。

「私は読めないから読んでくれる？」

千春の頼みに、モリアンが応じる。

「えーっとフルーツの生クリームがけがオススメで、あとは果物盛り合わせ、フルーツシャーベットの色んな種類があります」

「生クリームがあるんだ。ホイップしてあるの？」

「いえ、甘くて濃いミルクがかけてあるんですよ。砂糖を結構使ってるので、いい値段するんですけど、美味《おい》しいんですよ！」

「私も初めてなんですが、モリーが以前から一緒に行こうとしつこく言ってたんですよね」

「それじゃ、私はフルーツの生クリームがけで」

「私はこの苺《いちご》のシャーベットにします！」

「なら、私は盛り合わせにしましょうか」

千春、モリアン、サフィーナが注文するものを決める。が——

「シェアしよう！」

と、千春が提案した。

「「シェア？」」

モリアンとサフィーナが同時に声を上げる。

「みんなでわけっこしながら食べるの」

「いいですね！　三種類食べられます！」

「飲みものはどうしますか？」

サフィーナが尋《たず》ねる。

「私はオレンジティーで！」

「あ、私もモリーと同じでいいや」

「んー、ミルクティーにしましょう」

最後にサフィーナが決めたところで、三人は一斉にエンハルトを見る。

「「「ハルトは？」」」

「……ああ、俺はオレンジシャーベットと紅茶にしておく。しかし、お前たちそれじゃ腹に溜《た》まらないだろう？」

「お腹いっぱいになったら露店で食べられなくなるじゃないですか！」

「おー！　露店で買い食いかー。イイねー、楽しみ！」

モリアンの反論に、千春も乗っかった。

「お前たちがそれでいいなら構わないけどな」

注文が終わり、女子三人は買ったものを見せ合いながら、荷物になるものは千春とサフィーナがアイテムボックスに入れた。

「その魔法便利すぎです！　私は習得できませんでしたけど……」

モリアンがぼやいた。

「難しいですからね。私も発動できるようになるまで苦戦しました。チハルの魔法を直接見たのでイメージができたのかもしれませんね」

「私も見てたのにぃ……」

やがて注文したものが来たので、みんなで食べはじめる。

「ほんとに生クリームだねえ。ちょっと甘すぎるけど。こっちって、生クリームを作れるの？」

「これは乳に魔法をかけて濃くしたもので、結構出回っていますね。水魔法で簡単に作れるんですよ」

千春の質問にサフィーナが答えた。

「へええ、サフィーも作れるの？」

「はい、紅茶に入れることがありますので」

「あー美味《おい》しそうだねー」

「ええ、ここのミルクティーもそうですね。まろやかで美味《おい》しいです」

その後、食べ終わってから店を出て、そのまま進むと、露店が出ているエリアになった。

「串焼きにスープ、饅頭《まんじゅう》とか色々ありますよ。チハルは何を食べます？」

サフィーナが千春に問いかける。

「あの饅頭《まんじゅう》みたいなのは何？」

「あれは、そば粉に具を入れた饅頭《まんじゅう》ですね」

「オヤキみたいなものかな？　食べてみたいかも」

モリアンがすたすたとオヤキを売っている店に行く。

「おいちゃん、饅頭《まんじゅう》四つ！」

「あいよ！　ほれ、焼きたてだ。大銅貨一枚と銅貨二枚な」

店のおじさんは、大きな葉っぱのようなものに饅頭《まんじゅう》四つを包み、モリアンに渡した。

「はい！　一個ずつどうぞー」

「ありがと！」

みんなが受け取り、千春も早速かぶりつく。

「あ、美味《おい》しい」

「でしょー？　でも、チハルさんのごはんを食べてたら物足りなく感じちゃうね」

「モリー、贅沢《ぜいたく》言わないの。この味と量で銅貨三枚なんですから」

「銅貨三枚……三十円!?」

サフィーナが言った値段に、千春は目を白黒させた。

「三十円というのがどれくらいの価値がどれくらいなのかわかりませんが、こちらでも安いですよ」

それからも、なんの肉かわからない露店の串焼きなどを色々とつまんでみた。

「……鑑定」

「チハルさん、何を鑑定してるの？」

モリアンが尋《たず》ねた。

「いや、なんの肉かなーって。レイクリザードって何？」

「池にいるトカゲだ。結構狩りやすいからな、冒険者や狩人がギルドに卸《おろ》しているんだ」

「トカゲ美味《おい》しいな！」

「そうですね。淡泊な身ですが、肉に味があって美味《おい》しいですね」

エンハルトの説明に続いて、千春とサフィーナが言う。

「んー、これなら醤油《しょうゆ》と砂糖で漬け込んで、片栗粉《かたくりこ》をまぶしてゴマ油で焼いたら、なかなかイケるかもしれない」

千春は、鶏の胸肉をしっとりさせたようなトカゲ肉の料理を考えていた。

「なんですか？　チハルさんが言うと、食べたことないのに涎《よだれ》が出そうになるんですけど！」

「汚いなあ」

千春は苦笑しながら、モリアンを見る。

「さて、腹ごしらえもしたことだ。次は食品通りか？」

エンハルトが千春を促《うなが》した。

「うん、次はどっち？」

「ほぼ反対側なので、この道を戻りましょうか」

「「はーい！」」

千春とモリアンが、サフィーナに元気よく返事をした。

「あ！　ケモミミがいる！」

千春は獣人を発見した。

すると、エンハルトが口を開く。

「ん？　ああ、あの耳と尾は猫族《ねこぞく》だな」

「かわいいなあ」

千春が見たのは、猫族の少女だった。露店のお手伝いをしているようだ。

「獣人は冒険者に多いが、こういった露店で小遣いを稼《かせ》ぐ子供もいる」

「冒険者に多いの？」

「ああ、獣人は人間よりも身体能力が高いからな。その代わり魔力が少ない。使えても、ちょっとした生活魔法くらいだ」

「へえ〜」

獣人に目が行くようになった千春が、キョロキョロと周囲を見ていると、建物の隙間《すきま》で泣いている人間の女の子を見つけた。

「あの子……どうしたんだろう」

「チハル、どうした？」

千春はエンハルトの声をスルーして、女の子に近づく。

「お嬢ちゃん、どうしたの？」

千春の声を聞いた女の子は、体をビクッとさせた。その後、足を引きずりながら後ろへ下がる。

「ケガしてるじゃない！　動かないでね」

千春は近寄って、魔法のヒールをかける。

「どう？　痛くない？」

「……うん、おねえちゃん、ありがとう」

「チハル、どうしたんだ？」

エンハルトが心配そうな顔をして近づいてきた。

「あ、ごめん。女の子が泣いてたから、見たらケガしててね。ちょっと回復魔法かけてた」

女の子はまた悲しげに泣き出した。

「どうしたの？　まだ痛いところがあるの？」

「ううん、ちがう。おにいちゃんが……」

女の子は頭を横に振り、「おにいちゃんが」と何度も言う。

「おにいちゃんはどこにいるの？」

「つれてかれた。たぶんこじいんに。おにいちゃんがにげろっていって……おにいちゃんだけつかまったの」

「孤児院？　なんで孤児院の人が連れていくのかしら？」

「捕まったというのは聞き捨てならんな」

サフィーナとエンハルトは、二人で何かを話していた。

「お嬢ちゃん、なんでお兄ちゃんが逃げろって言ったかわかる？」

千春は優しく女の子に尋《たず》ねた。

「うん、きぞくにうられるまえににげろって。つかまったらちかにとじこめられるって」

「……ちょっと、ハルト、どういうことかわかる？」

「調べればわかるだろう。お嬢ちゃん、どこの孤児院か名前はわかるかい？」

「ほーじゃさすこじいん」

「……この付近ですと、孤児院は二つ。一つは教会の、もう一つはホーザサス男爵が出資している孤児院ですね」

サフィーナがそう言うと、エンハルトは軽く左手を挙げる。すると、すぐに女性が現れた。

「直《ただ》ちに調べろ。男爵はあとでいい。孤児院の方に数人回せ。捕まった子が安全なようなら、様子を見ろ。危険と思ったら助け出せ。判断は任せる」

「はい、直《ただ》ちに」

女性は表通りに消えていった。

「チハル、その子を保護しておこうか」

「今の人は？」

「ああ、護衛とは別の、俺の手駒《てごま》だ。王子なんてやってると、色々と調べることがあるんでな。便利なんだよ」

「そう。それじゃあ、この子をとりあえず安全なところに連れていこう」

「わかった。護衛を呼ぶからちょっと待ってろ」

エンハルトは路地に出る。すると、護衛が彼のそばに来て話を始めた。

そんなとき――

「おい、いたぞ！」

路地と反対側、裏路地の奥から、チンピラ風の男が二人出てきた。

「おい、その娘を渡してもらおうか」

男の一人が千春を脅《おど》す。

「は？　嫌に決まってるでしょ？」

しかし、千春は一歩も引かない。

「あああ？　黙って渡せばケガしなくて済むぞ」

「うわあ、下《した》っ端《ぱ》のセリフって、こっちでも同じようなもんなのね。い・や・よ！」

「てめえ！」

下《した》っ端《ぱ》が威嚇《いかく》しながら近寄ってくる。モリアンが通りに向かって叫《さけ》んだ。

「きゃーーーーー！！！！」

「どうした！」

すぐにエンハルトと護衛二人が走ってきた。

「な!?　やべえ逃げるぞ！」

男二人はすぐさま踵《きびす》を返し逃げようとしたが――ふっと地中に消えた。

「「「「え？」」」」

千春以外の面々が声を上げた。

「チハルさん……それって」

モリアンがおずおずと尋《たず》ねる。

「うん、アイテムボックスを足元に開けた」

見ると、すでにアイテムボックスは閉じられている。

「ええ、アイテムボックスに人間を入れたらどうなるのよ？」

「多分何も？　この前調べたら、時間止まってるっぽいんだよね、あの中」

「そうなの？　どうやって調べたのよ」

「最初は時計。そんで、その後は火がついたマッチ。火がついたまま出てきたし、間違いないよ。生きものは入れたことはないけどね」

千春はエンハルトと護衛に剣を抜かせ、囲みを作らせる。

「それじゃ、囲みの中に一人ずつ出すよー」

千春はわざと高い位置、ちょうど二階の窓くらいにアイテムボックスの入り口を開き、まずは一人出す。

「……うわあああ！」

男は叫《さけ》びながら落ちる。落ちた瞬間、ボキッという音を立て、動けなくなった。生きてはいるようだ。

「はーい、二人目落とすよー」

一人目が引きずられ隅《すみ》で縛《しば》られている間に、千春はもう一人落とす。

「……おあああああ！」

ゴキッと何かが折れる音がする。死んではいないはずだ……

「あー、剣抜く必要なかったな。とりあえず縛《しば》っとけ。衛兵は？」

「はっ！　すでに呼びに行かせております！」

間もなく衛兵が駆けつける。

「こいつらは王女殿下に危害を加えようとした賊《ぞく》だ。こってり搾《しぼ》り上《あ》げろ」

「はっ！」

衛兵は二人を運んでいった。

「サフィー、この子が言ってた孤児院の場所わかる？」

千春はサフィーナに尋《たず》ねる。

「ええ。わかるけど教えないわよ？」

「なんでー……」

「行くつもりでしょう。それはできません」

「だって、この子のお兄ちゃんが……」

「ダメです。それに、今殿下……ハルトの『影《かげ》』が調べています。それからでも遅くはありません」

「おい、影ってバラすなよ」

「むー、だって！　許せないじゃん！」

千春はもどかしがるが、エンハルトが止める。

「まあ、待て。とりあえず、その子を連れてここから離れるぞ」

四人は女の子を連れて、その場を離れる。向かった先は表通りを少し歩き、路地裏に入ってすぐにある店だった。

「ここはお忍びでよく来る飲み屋だ。今は開店前だが、店主はいるだろう」

エンハルトはノックもせず扉を開ける。カギは開いていた。

「おう、まだ開けてねえぞ、坊ちゃん」

「知ってる。ちょっと座るところが欲しかったから寄ったんだ。椅子《いす》を貸してくれ」

「おう、なんか飲むか？　酒しかねえけどな！　ガッハッハッハ！」

店主の男は、エンハルトが王子だと知っているようだが、遠慮のない態度で接していた。

「飲みものは持参しておりますからよろしいですわ。チハルは紅茶でいい？」

「うん」

サフィーナはみんなが座ったテーブルの隣に、アイテムボックスから紅茶セットを出し、魔法で水を沸《わ》かして紅茶を淹《い》れる。もう一つのグラスにはミルクを入れて、女の子の前に置く。

エンハルトの影が帰ってくるまで、さほど時間はかからなかった。

# 第26話　白金狐《はっきんきつね》！

コンコンコンと、扉ノッカーの音がする。

「おう、開いてるぞ」

店主がそう言うと、女性が一人入ってくる。そしてエンハルトに近づき、片膝《かたひざ》をついた。

「状況は？」

「はい、地下牢を確認、中には五人の幼い子供がおりました。その少女の兄と思われる男児も一緒です。命にかかわるケガはしていませんが、無傷の子はいません」

「そうか。他には？」

「院長の部屋に侵入しました。子供の売買契約書と繋がっているであろう貴族の名前まで確認が取れています。それと、犯罪ギルドの者が数人守りを固めているようです。院長の護衛のようですね」

「わかった。チハル、ケガをしている子がいる。手伝ってくれるか？」

「当たり前じゃない。絶対についていくわよ」

千春が力強く頷《うなず》くと、みんなは立ち上がった。サフィーナもティーセットをさっとアイテムボックスに入れる。

「おっさん、落ち着いたらまた来る、ありがとよ」

「おう、次は営業時間中に来てくれや」

エンハルトと店主は笑った。その後、みんなが外に出ると、扉の前には兵士が数人と、先ほどまで護衛をしていた者たちが並んでいた。

「孤児院を押さえるぞ。証拠は揃っている。兵士は孤児院の周りを固めろ。お前たちは出てくるやつらがいたら対応しろ。院長以外は斬り捨てても構わん。騎士団の者も呼んでおけ」

それから、エンハルトは影に指示を出す。

「お前たちも一緒についてこい」

「はっ！」

千春たちは孤児院に向かった。孤児院に着き、エンハルトはためらいもなく中に入る。中にはいくつかの部屋があり、子供たちが大人しく遊んでいた。

「こう見ると、普通の孤児院ですね」

サフィーナは見渡しながら言う。

「まあな。まさか、貴族の孤児院が例の違法奴隷を出してるとはな」

「ハルトは何か知ってるの？」

ここのことを知っているようなそぶりのエンハルトに、千春は問いかける。

「ああ。幼い子供を商品にする違法奴隷販売があるというのはわかっていたが、尻尾《しっぽ》を掴《つか》めなかった。まさか貴族が出資している孤児院だったとはな。国の落ち度だ。絶対に許さん」

「そうですね、貴族としてあるまじき行為です」

エンハルトとサフィーナは、怒りを露わにしている。

「どうなさいましたか？」

奥の部屋から、背は高いが痩身《そうしん》の男が出てきた。

「院長か？」

「はい、ここを任されております、ベーレーと申します。何か御用でしょうか？」

「ああ、街で少女を保護してな。その子の兄がここに連れてこられたから、助けに来たんだよ」

「ほう？　名前は？」

「少女はシエリー、兄の方はケイルだ」

「……ああ、その子たちは先日孤児院を出ていきました。ここには戻ってきていませんね」

ベーレーは顔色も変えず言う。

「問答するつもりはない。地下牢にいるケイルを出してもらおう」

エンハルトが地下牢と言った途端、ベーレーは顔色を変え、大きな声を出す。

「お前たち！　仕事だ！」

すると、奥の部屋から屈強な男が五人出てきた。

「おう？　仕事かあ？」

「ほおお、チャラい男一人に娘が五人か。楽しませてもらっていいのか？」

「可愛《かわい》がってやろうぜ、へっへっへ」

彼らは下品な言葉を発しながら、近寄ってくる。

「院長は殺すな。あいつらは斬り捨てて構わん」

「はっ」

エンハルトの命令に合わせて、左右で護衛をしていた影二人がすっと前に出る。さらに後ろから三人の女性が現れた。彼女たちは一瞬で間合いを詰めると、次の瞬間には男五人がその場に倒れていた。

「何をしたの？」

千春がエンハルトに尋《たず》ねる。

「なんてことはない。一突きで終わらせただけだ」

「こわっ」

「気配も消せるし、姿も消せる。そういう部隊だ。調べものをするときは重宝する。地下牢へ案内してくれ」

「はい、こちらです」

影の二人が部屋にある扉を開けた。院長はいつの間にか床に押さえつけられ、猿轡《さるぐつわ》をされていた。

地下に入ると、牢がいくつかあった。それぞれ、女の子三人の牢、獣人の女の子一人の牢、そして男の子が一人の牢だった。

「君がケイル君？」

千春は牢の一つに近づき、そこにいる男の子に声をかける。

「おねえちゃんはだれ？」

「シエリーちゃんに頼まれて、ケイル君を助けに来たんだよ。シエリーちゃんは保護してるから。もう大丈夫だからね」

千春の言葉を聞き、男の子は涙を流し、腕で必死にそれを拭《ぬぐ》う。

「チハル、ちょっと下がってくれ」

エンハルトは剣を構え、南京錠《なんきんじょう》のような鍵をあっさり切り落とした。

「鉄よね、これ。なんで切れるの？」

「この剣は特殊な金属だからな」

そして、牢の扉を開け、男の子を出す。腕と背中にかなりの傷がついていた。

千春はすぐに駆け寄り魔法をかける。

「……ヒール」

傷が塞《ふさ》がり、赤いシミのようになったと思ったら、そのまま消えた。

「まだ痛いところある？」

「ううん、大丈夫ありがとう、おねえちゃん」

「ハルト、他の牢もお願い」

エンハルトは頷《うなず》き、無言で鍵を切り落としていく。三人の少女が出てきて、千春が一人ずつ回復魔法をかけていく。三人は痣《あざ》が腕や体、足にまであった。

「あとはこの子だね」

牢にはまだ獣人の少女が一人いるが、動こうとしない。千春は様子がおかしいと思い、中に入って獣人の少女の手を握る。少女がビクッと驚いた。

「大丈夫？　助けに来たよ。痛いところはない？」

「うん」

獣人の少女は答え、虚空を見つめるものの焦点《しょうてん》が定まっていない。

「その子、目が見えなくなったの」

「連れてこられたときに、男の人に殴《なぐ》られて、見えなくなったみたいなの」

少女たちが獣人の子の状況を伝えてくれた。

「目か……失明を治すイメージって……」

「チハル、魔法を使いすぎじゃない？　大丈夫？」

千春がどうやって回復させようかと考えていると、サフィーナが声をかけた。

「……鑑定……ＭＰは12／72。まだ大丈夫だよ」

「大丈夫じゃないわ。もう二割切ってるじゃない」

「そうだな。とりあえずその子の対処はあとにしよう。表に出るぞ」

そう言って、エンハルトはみんなを外に出るよう促《うなが》す。モリアンは少女たちと手を繋ぎ、連れていく。

「さて、それじゃあ外に出ようか、歩ける？」

「うん」

獣人の少女は立ち上がり、千春の手を握って牢から出る。そして階段を上がった。外に出ると、兵士が数人いた。そこへ女性二人が来て、エンハルトに紙束を渡す。

「院長の部屋から押収した書類です。ここに販売履歴と購入した貴族の名前が書かれています」

「……ふむ」

エンハルトは数枚ペラペラと眺《なが》めていたが、途中で手を止め、じっくり読みはじめた。それが終わると、兵士に声をかける。

「騎士団は来ているか？」

「はっ！　第二騎士団が到着しております！」

「呼べ」

「はっ！」

兵士は去り、すぐさま騎士団がやってくる。

「第二騎士団小隊長！　ヘンリー・アバレンです！」

「ああ、これを持って、団長のところへ行け。すぐにホーザサス男爵を取り押さえろ。一族全員一人も逃がすなよ」

「はっ！」

小隊長は部下を連れ走っていった。

「ここはどうなるの？」

「孤児院か？　大丈夫だ、すぐに新たなしっかりした管理者を任命する。残っている子供たちも安心して暮らせるようにしてやる」

エンハルトは千春の頭に手を置き、微笑《ほほえ》む。

「ここの院長とかはどうなるの？」

「聞きたいか？」

「……やっぱいい」

「賢明だな」

「この子を治療したいんだけど……」

「今はダメですよ？　魔力が二割を切ると、倦怠感《けんたいかん》が出ているはずです」

サフィーナが注意した。

「動き回ったせいかと思ってたわ」

「まあそれもありますが、今日はやめておきましょう」

そう言われて、千春もしぶしぶ納得する。

「それじゃあ、この子はどうします？　治療するとしても明日ですよね？」

モリアンも獣人の子の前にしゃがみ、目の前で手をフリフリしながら聞いた。

「うん。ただ、治療するイメージのために調べたいことがあるから、一度部屋に戻りたい」

「なら、チハルさんの部屋に連れていきましょう。改築してベッドも設置されましたし。チハルさんは今夜も王妃殿下のところでしょう？」

「う……うん」

「この子は明日まで、私とサフィーで見ておきますから、任せてください！」

モリアンは張り切っていた。千春がちらっとサフィーナを見ると、彼女もニッコリ笑って頷《うなず》いてくれる。

「うん、わかった。そう言えば、この子の名前を聞いてないね。種族はなんだろう。耳が大きいけど犬？」

「どうでしょう？　狐でしょうか？　鑑定してみたらどうです？」

「弾かれるんじゃないの？」

「獣人は魔法には弱いですし、まだ幼いので、魔法力が低いチハルでもかけられると思いますよ」

「サフィー……低い言うなし。それじゃあ、鑑定をかけていいかな？」

女の子は「うん」と頷《うなず》く。

「……鑑定……白金狐族《しろかねきつねぞく》。狐かー。名前はユラちゃんでいいのかな？」

「うん」

ユラは素直に答えた。

「よし！　とりあえず孤児院の方は今日中に目途《めど》をつけて対応する。関係者は片《かた》っ端《ぱし》から押さえるから、俺たちのやることはもうない。どうする？　今日はもう街の観光はやめるか？」

エンハルトに言われ、千春は首を縦に振った。

「そうだね、ちょっとMP不足っぽいし一回帰ろうかー」

「それがいいです。魔力が回復しやすいお茶がありますから、ゆっくりしましょう」

サフィーナも賛成する。

「私も着替えて、チハルさんのところに行きますねー！」

「いや、モリアンは今日休みでしょう？」

「モリーと言ってください！　実家にいると暇なんですよ！　怒られるし！」

「「「自業自得」」」

全員からツッコミが返ってくる。

「ひどっ！！！」

「それじゃ、ユラちゃん、私の部屋に行こうか。もう安心していいからね」

千春はユラの前に行き、両手をとって優しく言う。

「うん、ありがとう」

ユラは微笑《ほほえ》みを返す。目から涙が流れていた。

## 第27話　コンビニスイーツ！

「殿下、こちらでお送りいたします」

兵士が馬車を用意していた。王族が乗るような豪華な馬車ではないが、しっかりした作りの馬車だ。

「うむ。ではこれで城へ戻ろう。みんな乗ってくれ」

「ありがとう」

千春はお礼を言って、ユラの手を引く。

「俺が乗せよう」

エンハルトは目の見えないユラをヒョイッと抱え、馬車に乗り込む。

「私は一度帰るので、歩きで戻りますね！」

モリアンは手を振りながら走っていった。サフィーナは馬車に乗る。

「では頼む」

エンハルトが言うと、馬車が進みはじめる。馬車の中ではみんな無言だった。それぞれ、これからのことを考えている。王城に着き、千春とサフィーナ、ユラは門の部屋に戻る。エンハルトはあとで行くと言って、一人離れた。

「はあ、なんか面倒事になったけど、結果的にはよかったね」

千春が言うと、サフィーナも頷《うなず》いた。

「そうですね、他の孤児院にもおそらく調査が入るでしょう。すでに殿下が動いておられるかもしれませんね」

「影の人たち凄《すご》かったね。何あの特殊部隊」

「一応秘密なので口外しないでくださいね？　王宮関係者と一部の貴族は知ってますが、その他の者たちは知らされておりませんから」

「りょーかい。あ、そだ、ユラちゃんの目のこと調べとこう」

千春はスマホで『失明　治療』と検索をかける。

「細胞医療……遺伝子治療法……違うな。眼球内出血による急性緑内障《りょくないしょう》、網膜剥離《もうまくはくり》、緑内障《りょくないしょう》、白内障《はくないしょう》……ううむ……傷は治ってるわけで、痛みはないわけで」

切り傷や打撲《だぼく》と違い、原因と治療法の見当がつかない千春はうんうん唸《うな》る。

「何を言ってるのか全然わかりませんね。とりあえず、これを」

サフィーナは薄い色のハーブティーを千春に出す。ユラに用意したのは、香りが優しいハーブティーのようだ。

「……んー美味《おい》しい。初めて飲んだね、これ」

「ええ、魔力の回復を助けると言われるハーブティーです。魔力ポーションの材料にもなるんです」

「ああ、そう言えば、ポーションの瓶《びん》とか作ってる部門があるって、モリアンが言ってたねえ」

「ええ、この薬草は手に入りやすいんです。お茶にも使われますね」

「ユラちゃんが飲んでるのは？」

「こちらはリラックスできる花茶です」

ガラスのティーポットをテーブルに置く。

「おおー中で花が咲いてる。綺麗《きれい》」

「早くユラちゃんもこれを見られたらいいですね」

サフィーナはぬる目に淹《い》れたお茶をユラの前に置き、両手で持たせてそっと飲ませてあげる。

「……おいしいです」

ユラはポツリと言う。

「ありがとうございます」

サフィーナは優しく答える。

「そう言えば、そこの壁に扉ができてたけど何があるの？」

出入口の扉ではなく、左側の壁に新たに作られている扉を指さして、千春が言う。

「そちらはチハルの寝室です」

「ええ？　王城にも私の寝室作るって言ってたじゃん。あ、でも、そっちはダミーって言ってたなあ」

「そうです。チハルがあちらの世界に戻っている間は、どちらにいてもおかしくないようにしています」

「ほぇー」

「それから、右の壁にも扉ができます。こちらはチハルの客間になり、誰か来たらそちらで会ってもらいます。今はまだ改装中ですけどね」

「この部屋は？」

「チハルのプライベートな部屋になります。チハルが学校に行っている間は、私が待機する場所でもありますね」

「モリアンは？」

「隣の客間で、来客があったときのために待機します」

「一日中？」

「はい」

「……暇じゃない？」

「いえ？　お茶を飲みながら、本を読んだり何かしたりしてますから。これまでも寛《くつろ》がせてもらってますよ」

サフィーナはクスクス笑う。

「モリアンも、本を読みながらお茶を飲んでんの？　想像つかないわ」

「いえ、あの子はじっとしていられないのか、掃除《そうじ》をしたり、外を眺《なが》めたり、好き勝手してますね」

「いいの？　それ」

「ええ、本来付き人の主人がいないということ自体があり得ないのですが、チハルの場合は特殊なので。チハルの不在中は、部屋で待機という制限以外、自由にさせてもらっています」

ユラは耳をピクピク動かしながら、二人の会話を聞いていた。そして入口の方を向き、また耳を動かした。千春とサフィーナはそれを見て「何？」と言った。

するとコンコンコンと、入口の扉がノックされた。

「モリアン戻りましたー！」

そして、元気な声が聞こえてくる。

「はーい。おかえりー、入っといでー」

千春は声をかける。

「ただいまです！」

侍女服に着替えたモリアンが入ってきた。

「はい、おかえり」

「もう少し静かに戻ってきなさいな」

サフィーナがチクッと注意する。

その間も、ユラは耳をピクピク動かしていた。

「どうです？　何かわかりました？」

モリアンが千春に尋《たず》ねる。

「んー……目のケガとか失明が原因になって出てくる症状が色々ありすぎて、回復させるイメージが湧《わ》かないんだよねー」

「一つ一つ試してみたらどうですか？」

「それがね……その一つごとの症状をいくら見ても意味わからんのよ」

「うわあ、それじゃあ治療するときに『見えるようになれ』とか『元に戻れ』ってかければいいんじゃないですか？」

「え？　そんなんでいいの？」

「いいんじゃないですか？　実際教会の人たちが傷を治すときって、チハルさんみたいに考えながら回復魔法をかけてないと思うんですよねー」

「そうですね。チハルの世界の医学というものを聞くと、教会の者があんなふうに考えて魔法をかけてるとは思えませんね」

モリアンの言葉に、サフィーナも同意する。

「そうかあ……なら、ＭＰが回復したら、そうやって魔法をかけてみるかなー……鑑定。おー18まで回復した。魔法かけてもいいかな？」

「ダメです」

サフィーナがかぶり気味に止める。

「なんで？」

「チハルの回復でどれくらい魔力を消費するかわかりません。傷によって使う魔力が増減するなら、万全の状態でやるべきです」

「もー過保護なんだから」

「過保護じゃありません。仮に魔力を全部使い切ったら、意識がなくなって倒れますからね？　酷いと数日寝たままとかいう事態になります。それは困るでしょう？」

「はい！　困ります！」

「では、明日体調を整えてからやりましょうね」

「はーい」

千春は素直に返事をする。サフィーナはホッとした。

「……ごめんなさい」

ユラは自分のために色々と考えている三人に申し訳なさそうに言う。

「ユラちゃんは悪くないよ？」

「そうです！　悪いのはユラちゃんを殴《なぐ》ったやつです！」

「ええその通りです。多分、もうこの世にはいませんけどね」

千春、モリアン、サフィーナは、ユラを宥《なだ》める。

「ありがとうございます」

ホッとしたのか、ユラは笑みをこぼした。そして彼女のお腹から可愛《かわい》い音がした。

くぅ……

「あら、そう言えば、あれから結構時間が経ちましたね。何か食べられるものを持ってきましょうか」

「そだね、サフィー。ちょっとお腹すいたねー」

「私が食堂から何か持ってきますよ!?」

三人は顔を赤くして俯《うつむ》くユラをフォローする。

「そうだ、ユラちゃんは、ちゃんとごはん貰《もら》ってたの？」

「おひるとよるにパンをたべてました」

「パン……あれか」

天井を仰《あお》ぎながら千春は苦笑いをする、あの固いパンか……と。

「サフィー、ちょっとあっちでお腹に溜《た》まるもの買ってくる。モリアン！　小皿を多めに準備しといて！」

そう言って、千春は扉を開けて日本に戻る。そしてコンビニへダッシュした。コンビニに着いた千春は、普段は持つことはない買いものカゴを手にして、スイーツコーナーへ行く。

「よし！　最高に美味《おい》しいスイーツを食べさせて、笑顔にさせてやるぞー」

ショートケーキやチーズケーキ、シュークリーム、プリンを人数分、お菓子コーナーで一口サイズのお菓子をぽいぽいっと買いものカゴに入れる。

「はい、これお願いします！　スプーンとフォークも多めに、袋もお願いします！」

レジに持っていき、店員に言う。袋に入れてもらったら、ケーキが崩れないようにそっと、でも走る。

「たっだいまあ！」

千春は扉の部屋に戻ってきた。

「お帰りなさい。早いですね、モリアンはまだ帰ってきてませんよ」

確かに、ここにいるのはサフィーナとユラだけだった。

「マジか。まあ、いいや。とりあえず並べておくね」

千春は買ってきたスイーツをテーブルに置いていく。

「いっぱい買ってきましたね。凄《すご》い甘い匂《にお》いが……高かったのではないですか？」

「だいじょーぶ！　最近は朝ごはんまでこっちで食べてるし、お小遣いまで手を出してないからね」

千春は、最初はこれだろうと、ショートケーキを開ける。ふわっと漂う甘い匂《にお》い。ユラが鼻をぴくっとさせる。

「戻りましたー！　うわあ、チハルさん早い！」

モリアンが食器を載せたワゴンを押して、部屋に入ってくる。

「いいタイミングだね。とりあえずお皿四枚いい？」

「はーい」

モリアンはテーブルにお皿を並べる。千春はショートケーキを一つずつ皿に置き、ケーキのフィルムを剥《は》がしていく。

「おっけー。みんな座って食べよう」

千春はユラの横に座り、ケーキを小さく切ってフォークで取る。そしてユラに「あーんして」と口を開けさせようとする。

「あーん？」

ユラは意味がわからずオウム返しするが、「あーん」と言ったときに口に入れられた。

「んむぐ！　……むぐむぐ」

小さな口でもぐもぐ咀嚼《そしゃく》し、満面の笑みを浮かべる。

「どう？　美味《おい》しい？」

コクコクコクコクと、ユラは上下に頭を振る。

「はい、あーん」

もうユラにも意味がわかったようで、パカッと口を開ける。小さな口を大きく。それを見て、千春はとても嬉しくなり、ゆっくり口にケーキを入れた。

モグモグモグモグ……

「チハル、代わりましょうか？」

「やだ、サフィー。これは役得、このケーキは私が食べさせる！」

「えー！　なら、私はこっちのケーキをあげます！　次私の番で！」

モリアンが羨《うらや》ましそうにねだった。

「いえ、次は私です、モリアンは黙って食べてなさい」

サフィーナがぴしっと言った。

「……もぐもぐもぐ……あーん」

美味《おい》しそうに食べるユラを、三人は笑顔で見つめる。ほんの先ほどまで牢屋の中で絶望を味わっていた少女は、今満面の笑みでコンビニスイーツを味わっていた。

## 第28話　王女特権発動！

「あら、お腹いっぱいになって眠たくなったのかしら？」

ユラがこっくりこっくりと船をこぎ出したことに、サフィーナが気づいた。

「サフィー、隣の寝室ってもう使えるんだよね？」

千春が確認する。

「はい。もういつでも泊まれるようにセッティングしていますよ」

「それじゃあ、今日はここに寝させてあげて。あと、夜もしかしたら怖がるかもしれないから一緒に寝てあげてくれる？」

「はい。モリアンと一緒についていておりますので、大丈夫ですよ」

モリアンも笑顔で頷《うなず》いた。

「そう言えば、ここってお風呂はどうしてるの？」

千春はふと気になったので聞いてみた。

「浴室は侍女用の浴室がありますから、いつでも入れます。湯浴みさせてから休ませた方がいいかと思いますけど、どうしましょうか。もう寝ちゃいそうですね」

千春もサフィーナも、ユラを見ながら考える。

すると、モリアンが力強く言った。

「こういうときは王女特権発動ですよ？　侍女と執事に言えば、ここに浴槽を持ってくることも可能です！」

「そんな無茶な……」

千春は困った顔をするが、サフィーナは違った。

「いえ、いい考えですね。浴槽さえあればお湯は私が出せます。子供が入る程度のお湯でしたらそう大変ではありませんし」

「それじゃ、チハルさん。チハルさんが浴槽を持ってきてって、私に言ってください」

「……モリアン、浴槽を持ってきて」

「はい！　了解しました！」

モリアンはそのまま部屋を出て、どこかへ走っていった。

「それでは、私はタオルなどの準備をしますね」

「サフィー、ちょっと待って。タオルは私が部屋から取ってくるよ。あと、子供用の下着とかないよね？」

「そうですね。支給品は制服くらいなので」

「おっけー、ちょっと買ってくるから、ユラちゃんを見ててもらっていい？」

「はい、わかりました」

千春はすぐに扉を抜け、近所の洋服屋さんへダッシュした。

「お待たせ！」

千春は下着とシャツ、服とパジャマを買ってきた。そのとき、ユラはすでにサフィーナとモリアンにより浴槽に入れられていた。

「はい、これ着替えとタオルね。どう？　まだオネムかな？」

「半分以上寝てますね」

「いえ、これは完全に寝てますよ」

サフィーナとモリアンが言う。

ユラは軽く腰が浸かる程度の湯舟に入り、されるがままに洗われていた。

「よし、このまま拭《ふ》いて着替えさせよう」

三人はユラを着替えさせ、隣の部屋にあるベッドに連れていく。

「もう夕方かあ」

「そうですね、そろそろ午後二鐘《にかね》が鳴る頃です」

千春の呟《つぶや》きに、サフィーナが反応した。

「十八時ね、夕食はどうする？」

「先ほどケーキを食べましたし、お腹の方は大丈夫です。今日は夕食はいらない気がしますね」

「私も全然、お腹すいてないです。ケーキを食べすぎました」

モリアンが言った。

「うん、ごめん、私も買いすぎたなと思ってる。じゃあ、夕食が終わる頃にメグ様のところへ行って、私はあっちで寝るよ。どうせここにいても、エリーナさんに連れていかれるだろうからね」

「「そうですね」」

サフィーナとモリアンも同意した。

「それじゃ、それまでユラちゃんの寝顔でも見ながらノンビリしましょうか」

「そうですね、あ、この部屋は寝室になってますが、何か必要なものとかあれば揃えますよ」

サフィーナが千春に尋《たず》ねる。

「んー、向こうに戻れば、自分の寝室もあるからなあ。しっかし、広い寝室だねえ」

「そうですね。門の部屋と同じく、研究室の一つだったと聞いています」

「ここでお昼寝したら気持ちよさそうですよねー」

モリアンは部屋を見回している。

「モリアンは入室禁止ね」

「えぇえ！」

「王女殿下の寝室で昼寝する侍女がどこにいるんですか」

サフィーナも叱《しか》る。

「……ここにいますよぉ——痛ぁぁ！！！」

サフィーナのチョップがモリアンの脳天にヒットした。

これといってやることがない三人は、門の部屋に戻り、寝室の扉は開けたままユラの様子を見て過ごした。

しばらくして、コンコンコンと、門の部屋の扉がノックされる。

「はーいどうぞー」

「チハル様、夕食はいかがなされますか？」

マルグリット王妃の侍女が聞きに来た。

「今日の夕食は済ませてますので、大丈夫です。お母様が食べ終わる頃に行きますと、お伝えください」

「了解いたしました。そうお伝えしておきます」

侍女はお辞儀《じぎ》をし、部屋を出ていく。

「本当に王女殿下なんですよねー」

「モリアンは何を今さらなことを言ってんのよ」

「モリアンと同じことを、私も感じています」

「えー！　サフィーまで⁉」

「ええ。こんなに気さくに侍女と話す王族なんて、見たことも聞いたこともありませんから」

「だって、つい最近、というかあっちでは平民だもん。急に変われって言われても無理でしょ」

「でも、チハルさんの付き人でよかったー。他の王族の付き人なんてしてたら、多分もう私の首は飛んでると思う。比喩《ひゆ》ではなく」

「大丈夫です、私が全力で止めます」

サフィーナが強く言う。

「何を？」

千春が尋《たず》ねる。

「モリアンが王族の付き人になるのをです」

「だよねー」

「二人とも、ひどおおい！」

ケラケラと笑う。その後も、三人はお茶を飲みつつ、雑談で時間を潰《つぶ》した。

「それじゃ、そろそろ行ってくるよ。モリアンはユラちゃんを見ててね」

「了解でーす」

「それではお送りいたしますね」

「サフィー、よろしくー」

モリアンを置いて、千春とサフィーナはマルグリットの部屋へ向かう。

「ただいま戻りました」

マルグリットの部屋に着き、千春はいつもの挨拶《あいさつ》をして入る。

「お帰りなさい、チハル。話は聞いたわ。この国の貴族が迷惑をかけました。でも、危ないことはしないでね。ビックリしたわよ？」

「ごめんなさい」

「でも、ありがとう。これで、子供たちを悲しませないようにできるわ」

「はい」

「それで、獣人の子を預かってるって聞いたけど、どう？　目が見えないのは治せそう？」

「色々と調べたんですが、明確に治療できるイメージが湧《わ》かないんです。ただ、モリアンがヒントをくれまして、明日それを試してみたいと思っています」

「そう、それで今日はどうするの？　その子の面倒を見ながら、あちらで寝るのかしら？」

「いえ、今日はモリアンとサフィーが見ててくれるので、私はこちらで休みます。明日からまた向こうになりますから」

「よかったわ。私もチハルと一緒にいたいもの。それじゃ、湯浴みに行きましょうか」

「はい」

二人は微笑《ほほえ》みながら浴室に行く。話し方はなかなか崩すわけにはいかないが、どちらも一緒にいるのが当たり前になっていた。

その後、温泉で疲れを取り、マルグリットにしっかり寝て魔力を回復するように、と言われたので、千春は今日は早めに床に就《つ》いた。

「おはようございます」

朝、目が覚めた千春は、マルグリットに挨拶《あいさつ》をする。

「おはようチハル、すぐに行く？」

「はい、魔力も回復しましたし、色々試してみたいので」

「わかったわ、無理をしないようにね？」

マルグリットはすぐに支度を整えさせ、侍女に千春を部屋まで送らせた。


「おはようー」

「おはようございます」

「チハルさんおはようございます！」

千春の部屋に戻ると、サフィーナとモリアンがユラの髪の毛を梳《す》いていた。

「ユラちゃん、よく眠れた？」

千春はユラに笑いかける。

「はい、ありがとうございます」

「いいえー、どういたしまして。朝ごはんは？」

「まだですね。私もモリアンもここに泊まって、食堂には行ってませんから」

「そうなんだ。二人ともありがとう。それじゃあ、早速なんだけど、回復魔法を使ってもいいいかな？」

「そうですね。昨日モリアンが言ったように、抽象的なイメージでかけてみるんですよね？」

「うん……鑑定。ＭＰは70／72だね」

「チハルさん、いつも思うんですが、魔力が全回復しませんよね？」

モリアンが疑問を口にすると、サフィーナが首を縦に振った。

「それはそうです。チハルは翻訳指輪を使ってるので、微量ながらも常に魔力を使ってますから」

「そうだった。違和感ないから忘れてました」

モリアンは翻訳指輪が魔力を吸うことを忘れていたが、千春も実は忘れていた。

「う、うん、そうなんだよ？　覚えといてね？」

「……チハルさんも忘れてましたよね？」

モリアンがジト目で追及する。

「そんなことあるわけないじゃないですか」

「デスヨネー、ソウイウコトニシトキマスネー」

「ちっ、モリアンのくせに！」

「……チハル、回復魔法はかけないんですか？」

サフィーナが冷たく言い放った。

「かけまーす」

千春は気を取り直し、ユラの前に屈《かが》む。ユラは椅子《いす》に座り、じっとしている。

「ユラちゃん、今から目が治りますようにーって魔法をかけるからね？」

「はい、おねがいします」

「それじゃいくよー」

千春は両手で軽くユラのこめかみあたりを触る。

「……ヒール」

ふわっと、ユアの目の周りが光る。

「………うん、大丈夫だと思う。どうかな？」

千春に言われ、ユラはゆっくりと目を開ける。

「みえます。おねえちゃんが、ちはるおねえちゃんですか？」

「うん、そうだよ、初めまして……になるのかな？」

ぽろぽろとユラの目から涙がこぼれる。サフィーナが、ハンカチで涙を拭《ふ》いてあげた。

「……鑑定……うわあ！」

「チハル、どうしたの？」

「残りMPが20」

「ええ！」

珍《めずら》しくサフィーナが声を上げる。

「いや、すっごいMPを持ってかれる感じがしたんだよ」

「昨日無理して回復させなくてよかったわね。やってたら、数日は起きられなかったわよ」

「あぶな……でも、なんで50も減ってんのかしら。そんなに難しい回復だったってこと？」

二人が考え込んでいると、モリアンが口を開く。

「あれじゃないですか？　今日使った魔力量が多いんじゃなくて、いつもが少なすぎなんじゃない

かと」

「え？　モリアン、それどういうこと？」

千春が聞いた。

「えっとですね、イガクチシキ（？）で効率よく回復させているから、いつもは消費魔力は少なくて済むけれどー、神官たちみたいに抽象的に回復させると消費魔力は多くなる……みたいな？」

「なぜそう思うのかしら？」

理に適《かな》っていそうなことを言い出したモリアンに、サフィーナが問い返す。

「それはですねー。前に教会の人がケガの治療をしているところを見たことがあるんですけど、チハルさんみたいにたくさんの人を治せなかったんですよ。チハルさん、昨日少なくても七、八回は回復魔法を使ってましたよね？」

千春は頷《うなず》いた。確かに、地下牢で男の子、さらに女の子三人の痣《あざ》を、回復させている。ヒールは八回使っていた。

「教会の人は、魔力が１００を超えていても、三、四回も使えば終わりらしいんです。だからそう考えると、チハルさんの普段のヒールが効率よすぎなんですよ」

「モリアンどうしたの？　何か変なもの食べた？」

「たまにこの子凄《すご》く頭が回ることがあるんです、昔から」

千春とサフィーナが辛辣《しんらつ》な物言いをする。

「なんですかあ！　変なものなんか食べてないですし！　たまにじゃないですもん！　いつも回りますもん！」

二人の反応にモリアンは怒った。

「まあ、それは置いておきましょ。ユラちゃん、こっちの清楚《せいそ》美人がサフィーナで、こっちの残念な可愛《かわい》い子がモリアン。二人とも私の付き人。侍女ってわかるかな？」

「うん、わかる……わかります」

「普通にお話しして大丈夫だよ。誰も怒らないからね」

千春はニッコリと微笑《ほほえ》む。

後ろで「残念ってなんですかー！」と言ってる人がいるが、スルーする。

「ちはるおねえちゃんはおうじょさまなの？」

「え？　なんで？　まあ一応そうだけど」

「きのうでんかっていわれてたひとと、ふつうにおはなししてたし、ねむたくなってたときに、おうじょとっけんはつどうって、もりあんさんがいってたようなきがします」

「よく覚えてるね！　半分寝てたのに！」

「目が見えない分、聞こえることには敏感《びんかん》だったんでしょうね」

千春とサフィーナは物覚えのよさに感心していた。

「よし！　ＭＰが減ったせいかすっごいお腹すいた！　朝ごはんにしよう！」

「そうですね、食堂に行きますか？　持ってきましょうか？」

サフィーナが確認する。

「いや、今日の朝ごはんは私が厨房で作るよ。ユラちゃん、何か食べたいものはある？」

「たべられるものならなんでも……」

「好きな食べものは何かな？」

「……おにく？」

「おっけー！　朝から肉ね！　重いけどなんか作ろう！」

「やったー！！！」

なぜかモリアンが喜ぶ。

「モリアンは固いパンでよくない？」

「そうですね、固いパンにマヨネーズを塗れば喜ぶんじゃないでしょうか？」

「いやああ！　マヨは好きだけど、それはいやー！」

モリアンは千春とサフィーナにからかわれ盛大に嘆く。

ユラはきょとんとしながら、三人の会話を聞いていた。

「それじゃ行こうか、朝肉を食べに」

千春が元気よく言う。

四人は楽しく話をしながら、厨房へ向かったのだった。

※この物語はフィクションです。実在する人物、団体等とは関係ありません。
一部、飲酒に関する表記がありますが、未成年の飲酒は法律で禁止されています。

## キャラクターデザイン（立ち姿）大公開！

エンハルト
23歳。180センチ超
ローレル
24歳。180センチ
マルグリット
43歳。175センチ
ユラ
6歳。110センチ前後

MATERIAL COLLECTOR'S ANOTHER WORLD TRAVELS
素材採取家の異世界旅行記 1~16
第9回アルファポリスファンタジー小説大賞
大賞 読者賞 W受賞作!
KINOKO MASUO
木乃子増緒
累計173(電子含む)万部突破!!
TVアニメ化決定!!
コミックス 1~8巻 好評発売中!
ひょんなことから異世界に転生させられた普通の青年、神城《かみしろ》タケル。前世では何の取り柄もなかった彼に付与されたのは、チートな身体能力・魔力、そして何でも見つけられる「探査《サーチ》」と、何でもわかる「調査《スキャン》」という不思議な力だった。それらの能力を駆使し、ヘンテコなレア素材を次々と採取、優秀な「素材採取家」として身を立てていく彼だったが、地底に潜む古代竜と出逢ったことで、その運命は思わぬ方向へ動き出していく——
1~16巻 好評発売中!
可愛い相棒と共にレア素材だらけの—— 異世界大探索へ
13万部突破!!!
●Illustration:海島千本(1~4巻)オンダカツキ(5~6巻)黒井ススム(7巻~) ●16巻 定価:1430円(10%税込)/1~15巻 各定価:1320円(10%税込)
●漫画:ともぞ B6判 ●8巻 定価:770円(10%税込)/1~7巻 各定価:748円(10%税込)

キカイジカケノサイシュウユウシャ

# 機械仕掛けの最終勇者

土日月
Tsuchihi Light

## ラスボスラッシュが終わらない!?

**生贄勇者と幼女女神が送る、**
**∞ループ系ファンタジー!**

勇者として異世界に転移した高校生、輝久《てるひさ》。彼はアンドロイドで幼女な女神、マキと救世の旅に出る。2人がはじまりの村へ向かう道中で降臨したのは——殺意MAXのラスボス、ガガだった!? 強敵を前に、突如マキがトランスフォームし、輝久と合体。特撮ヒーローさながらのスーツ《マキ》に身を包んだ輝久は、意思とは無関係に動く体と謎の力で、ガガを迎え撃つことになる——ループする世界の中で、まだ何も知らない輝久の戦いが幕を開ける!

●定価:1430円(10%税込) ●ISBN 978-4-434-35346-8 ●Illustration:すみ兵

この作品に対する皆様のご意見・ご感想をお待ちしております。

おハガキ・お手紙は以下の宛先にお送りください。

【宛先】

〒150-6019 東京都渋谷区恵比寿 4-20-3 恵比寿ｶﾞｰﾃﾞﾝﾌﾟﾚｲｽﾀﾜｰ 19F
（株）アルファポリス　書籍感想係

メールフォームでのご意見・ご感想は右のＱＲコードから、
あるいは以下のワードで検索をかけてください。

アルファポリス　書籍の感想　検索

ご感想はこちらから

本書はWebサイト「アルファポリス」（https://www.alphapolis.co.jp/）に投稿されたものを、改題、改稿のうえ、書籍化したものです。

異《い》世《せ》界《かい》日《ひ》帰《がえ》りごはん
料理《りょうり》で王国《おうこく》の胃袋《いぶくろ》を掴《つか》みます！

ちっき

2025年 4月 30日初版発行

編集－加藤純・宮坂剛
編集長－太田鉄平
発行者－梶本雄介
発行所－株式会社アルファポリス
〒150-6019 東京都渋谷区恵比寿4-20-3 恵比寿ｶﾞｰﾃﾞﾝﾌﾟﾚｲｽﾀﾜｰ19F
TEL 03-6277-1601（営業） 03-6277-1602（編集）
URL https://www.alphapolis.co.jp/
発売元－株式会社星雲社（共同出版社・流通責任出版社）
〒112-0005 東京都文京区水道1-3-30
TEL 03-3868-3275
装丁・本文イラスト－薫る石
装丁デザイン－AFTERGLOW
印刷－中央精版印刷株式会社

価格はカバーに表示されてあります。

落丁乱丁の場合はアルファポリスまでご連絡ください。

送料は小社負担でお取り替えします。


ISBN978-4-434-35646-9 C0093